dtv

Nach dem Tod ihres Vaters findet die unbeschwerte Jugend der Schwestern Leonie und Lynett ein jähes Ende: Raubritter belagern die Burg. Als Küchenjunge verkleidet, entwischt Lynett, um den jungen König Artus in Camelot um Hilfe zu bitten. Zur Belohnung soll der Retter die Hand ihrer hübschen Schwester erhalten. Doch als nach gelungener Befreiung Sir Gareth mit seinem Bruder zur Doppelhochzeit antritt, flieht die ungestüme Lynett. Mit Merlins Hilfe folgt sie ihrer Bestimmung, die eine ganz andere ist: Sie wird König Artus' Botin und reist in Begleitung ihres Falken Jeanne in die abgelegensten Winkel des Reiches, um seine Friedensbotschaft zu verkünden. Doch Feinde, Feen und Fallen säumen ihren Weg. – »Vera Chapman hat die Renaissance der Artussage eingeläutet.« (British Fantasy Society)

Vera Chapman, geboren 1898 in Bournemouth, begann 1920 als eine der ersten Frauen in Oxford zu studieren. Sie lebte lange in Portugiesisch-Ostafrika, dem heutigen Mosambik, und war Gründungsmitglied der Tolkien Society. Vera Chapman verfaßte zahlreiche Ritterromane und Kinderbücher. Sie starb 1996.

Vera Chapman

Des Königs dunkle Botin

Roman

Deutsch von
Norbert Stöbe

Deutscher Taschenbuch Verlag

Von Vera Chapman
ist im Deutschen Taschenbuch Verlag erschienen:
Die Braut des grünen Ritters (20412)

Ungekürzte Ausgabe
Oktober 2001
Deutscher Taschenbuch Verlag GmbH & Co. KG,
München
www.dtv.de

Titel der englischen Originalausgabe:
›The King's Damosel‹ (Rex Collings Ltd, London 1976)

Umschlagkonzept: Balk & Brumshagen
Umschlaggestaltung: ARTPOOL, München, unter Verwendung
des Gemäldes ›Chivalery‹ (1885) von Sir Frank Dicksee
Gesetzt aus der Sabon 10,5/12·
Gesamtherstellung: Druckerei C. H. Beck, Nördlingen
Gedruckt auf säurefreiem, chlorfrei gebleichtem Papier
Printed in Germany · ISBN 3-423-20451-6

Vorbemerkung der Autorin

Vor vielen Jahren veröffentlichte Edith Dimas, die mit mir in Oxford studierte, einen Roman mit dem Titel ›Gareth of Orkney‹. Daraufhin keimte in mir der Plan, die Artusgeschichten von einer menschlicheren und moderneren Warte als Tennyson oder William Morris aus zu behandeln. Besonderes Interesse faßte ich an den Abenteuern der jungen Lynett.

Sollte Edith Dimas diese Zeilen lesen, wird sie sich hoffentlich an mich erinnern (als »Molly« Foggerty), meinen Dank entgegennehmen und mich von jeglichem Plagiatsvorwurf freisprechen.

V. C. 1976

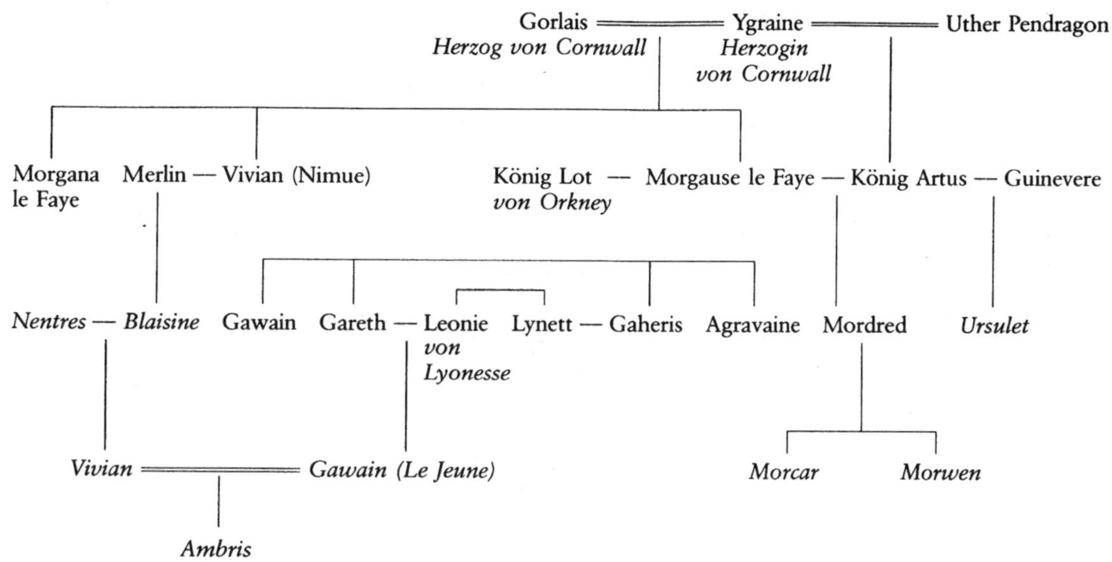

[*Anmerkung der Autorin:* Die kursiv gesetzten Namen habe ich erfunden. Alle anderen gehen auf Malory zurück.]

I

Wie zwei Brüder zwei Schwestern heirateten

Die Fahnen auf den mächtigen Türmen der Burg Camelot flatterten im Wind, die Dachziegel funkelten in der Sonne – jedes einzelne Fenster war mit Blumengirlanden, Teppichen oder bunten Tüchern geschmückt –, Glocken läuteten und Trompeten schmetterten schrill in den strahlend blauen Himmel empor. Dies war ein Hochzeitstag, eine Doppelhochzeit, zwei Brüder heirateten zwei Schwestern, und wie es sich geziemte, übernahm bei diesem Anlaß König Artus persönlich die Rolle des Brautvaters.

In ihrem Turmgemach kleideten sich die beiden Bräute an. Die ältere Schwester, die man für die jüngere hätte halten können, milchweiß, mit rosigen Wangen und ganz in Gold. Der golddurchwirkte Stoff ihres Kleides wurde von zartblondem Haar überhaucht, das sie zum Zeichen ihrer Jungfernschaft offen trug. Darüber trug sie ein leichtes goldenes Diadem, geschmückt mit rosa Rosen. Die andere, ganz in Silber gekleidete Braut, wirkte weniger glücklich. Ihr Haar, schwarz wie die Nacht und so glatt wie Bindfäden, fiel wie bei ihrer Schwester offen über das silberne Kleid und wurde von weißen Rosen gekrönt – dadurch aber wirkte ihr Gesicht nur noch dunkler und reizloser (denn sie hielt nichts davon, es mit roter und weißer Farbe zu bekleistern) und ihre Gestalt noch magerer und knochiger. Sie hatte die Lider über ihre großen braunen Augen gesenkt und die Lippen zusammengepreßt.

Unter dem Rascheln der Seide näherte sich Leonie, die schöne Braut, ihrer Schwester und legte ihr eine Halskette um.

»Freu dich, Lynett, mein Liebling«, sagte sie und küßte ihre Schwester. Lynett holte tief Luft, ballte die Fäuste und küßte sie zurück.

»Ach, gewiß freue ich mich, Leonie, meine Liebe«, sagte sie.

Die Brautjungfern versammelten sich um sie – es war an der Zeit, die Prozession zu beginnen. Ach Gott, dachte Lynett, jetzt ist es soweit.

Im Gänsemarsch ging es die schmale Wendeltreppe hinab, denn einen anderen Weg gab es nicht, und ihre Schleppenträgerin fuhrwerkte hinter ihr herum und raffte die Schleppe zu einem Bündel zusammen. Dann gelangten sie in einen Raum, der groß genug war, um in Zweierreihen Aufstellung zu nehmen – Lynett und Leonie Hand in Hand, dann die Schleppenträgerinnen und schließlich die übrigen Damen, alle mit Sträußchen und Girlanden geschmückt –, und so schritten sie zum Geklimper eines Lautenspielers die breite Treppe hinunter und hinaus auf den Hof, wo sie mit der Prozession der beiden Bräutigame zusammentrafen.

Dies war der Moment, den Lynett gefürchtet hatte – oder jedenfalls der erste von vielen Momenten. Da standen sie nun, die beiden Brüder, Seite an Seite – Gareth und Gaheris. Gareth – ihr krampfte sich das Herz zusammen, als sie ihn betrachtete. Der Mann aller Männer. Gareth, der stattlichste der Orkney-Brüder – seine hochgewachsene Gestalt bewegte sich mit kraftvoller Anmut, seine blauen Augen betörten ihr Herz – Gareth, der Anbetungswürdige, der Bräutigam ihrer Schwester. Und neben ihm Gaheris, den sie statt dessen ehelichen sollte, groß und stark auch er, blond und blauäugig wie Gareth – doch seine blauen Augen waren stumpfe, hervorquellende Kugeln, seine Haut rauh, seine Mundwinkel hingen herab –, er war ebenso brutal wie seine Brüder Gawain und Agravaine, aber dümmer. Ausgerechnet er! Gareth dagegen, den sie meilenweit durch den Wald geführt hatte, damit er ihre Schwester rettete – zunächst hatte sie ihn nicht gemocht, aber dann war sie in Liebe zu ihm entflammt, so sehr sie sich auch dagegen wehrte. Und nun hatte er als Lohn für seine Mühe ihre Schwester gewählt – wie bei einem Turnier den Preis. Den ersten Preis, und Lynett war nur der zweite Preis, der freundlicherweise an seinen Bruder fiel.

Die beiden Prozessionen trafen sich, ein Regenbogen der Farben inmitten der grauen Mauern, und die beiden Paare traten einander gegenüber. Die kleine Leonie tat geziert, blickte vertrauensvoll zu Gareth auf und reichte ihm mit ausgesprochen fraulichem Lächeln die Hand; er nahm sie stolz und glücklich entgegen. Lynett und Gaheris musterten einander steif und feindselig, distanziert – dann reichten sie einander kühl die Hände, wie es von ihnen erwartet wurde. Nun geleitete sie Sir Kay, der Seneschall, angetan mit schwarzem Samt und silbernen Tressen, die Treppe hinauf in die Kapelle. Lynett war sich der Anwesenden nur verschwommen bewußt, darunter König Artus persönlich, der junge König, kaum älter als sie selbst – Lynett war achtzehn und ihre Schwester neunzehn. Artus war um die zwanzig, schon ein berühmter Kämpfer und Anführer und bereits seit fünf Jahren König, da er das Schwert Excalibur aus dem Stein herausgezogen hatte. Neben ihm stand die Königin, die blasse, mondhelle Guinevere, die noch nicht lange mit ihm verheiratet war. Und Merlin war erschienen, weißbärtig und unheimlich. Merlin, der zuviel wußte; beim Anblick seiner eisblauen Augen setzte Lynetts Herz einen Augenblick aus – doch in diesen Augen lag keinerlei Falschheit. Merlin schien sich in dem heiligen Gebäude nicht unbehaglich zu fühlen – er hatte eine eigene Heiligkeit an sich. Doch da waren auch noch drei Frauen, weit hinten in der Kirche, die zuviel von Hexen hatten, als daß sie hätten hier sein dürfen: die drei Schwestern, Morgan le Fay, Vivian, genannt Nimue, und die Königin von Orkney. Wirkte die Königin von Orkney nicht viel zu jung, um Mutter vierer junger Männer zu sein? Aber Hexen konnten ihr Aussehen nach Belieben verändern ... Nun trat die Königin von Orkney vor, strotzend vor Gesundheit, rothaarig, übermäßig prächtig gekleidet – wie es als Mutter der beiden Bräutigame ganz natürlich war.

So, Lynett, du darfst nicht vergessen, wo du bist und was du zu tun im Begriff stehst – ach, mein Gott! dachte Lynett und wünschte, dies alles bliebe ihr erspart.

Die feierliche Hochzeitszeremonie nahm ihren Fortgang.

»Willst du, Lynett, Gaheris zu deinem ...«

Nein, nein, nein! schrie es in ihr. Nicht Gaheris – nicht Gaheris, sondern Gareth, Gareth, Gareth. Gareth aber hatte Leonie genommen, und Leonie Gareth – hatte ihn genommen, ihn ihr weggenommen, ihn Lynett geraubt.

Und jetzt hatte Gaheris Lynett zur Frau genommen, in Freud und Leid, und Gott allein wußte, was das bedeutete.

Der Jubelgesang der Chorknaben durchbrach die Stille, begleitet von Flöten, Violen und Tamburinen, und Weihrauchwolken stiegen zur blau und gold bemalten Decke. Der Priester legte ihre Hände zusammen und hüllte sie in die Stola. Dann schritt die Prozession wieder ins Freie. Dies war das Ende – oder der Anfang.

Endlich hatten die schier endlosen Hochzeitsfeierlichkeiten geendet. Von der Galerie, welche am Palas entlanglief, gingen zwei große Räume ab, in denen man die beiden Hochzeitslager vorbereitet hatte. Darin stand jeweils ein großes Bett, bedeckt mit einem Übermaß an Federdecken, so daß man darin ertrinken konnte – geschmückt mit Blumen- und Blättergirlanden, bestreut mit Rosenblüten und duftenden Kräutern. Nun denn …

Die beiden Prozessionen geleiteten die Bräute in ihr jeweiliges Gemach und entkleideten die Opfer mit spielerischem Ernst. Endlich war Lynett von Leonies schwer erträglicher Anwesenheit befreit. Obwohl sie ihre Schwester nicht sehen konnte, war sie sich sicher, daß Leonie albern kicherte.

Sie selbst bemühte sich nach Kräften, nicht zu schreckhaft auf die Neckereien der Brautjungfern zu reagieren, die sie in die Wangen kniffen und am Haar zupften.

Eigentlich aber waren sie doch gar nicht so grob, sondern küßten sie und tätschelten ihr den Kopf und sangen die gleichen Lieder, die auch nebenan in Leonies Gemach gesungen wurden. Lynett machte gute Miene zum bösen Spiel und nahm an ihren Spielen teil, warf ihnen das Strumpfband zu, lachte, und als ein Mädchen, das sie nicht kannte und auch nicht kennen wollte, es auffing und triumphierend hochhielt, applaudierte sie. Zumindest wurde sie nicht gezwungen, nackt ins Bett zu steigen, wie es vielen Bräuten erging; sie und Leonie hatten auf seidenen, pelzgesäumten Nachtgewändern bestanden, und sie raffte das ihre um sich zusammen und lag darin wie eine Larve in einem Kokon, während die Mädchen sich in Leonies Gemach begaben, um den ersten Bräutigam hineinzuführen.

Und nun hatte Lynett Zeit zum Nachdenken. Gaheris würde zu ihr kommen, und sie müßte ihn ertragen, und als erstes würde er feststellen, daß sie keine Jungfrau mehr war.

2

Was Lynett angetan worden war

Fünf Jahre war es her, da Leonie und ihre Schwester im weitläufigen Haus ihres Vaters in Lyonesse ein unbeschwertes Leben führten. Ihre Mutter hatte Lynett nie gekannt, und als ihr Vater mit zwei Töchtern und ohne Frau dastand, setzte er seine jüngere Tochter an die Stelle des Sohnes, den er niemals haben würde, und erzog sie wie einen Knaben. Mit Leonie, der älteren, wäre er vielleicht ebenso verfahren, diese aber hatte nichts Knabenhaftes an sich – sie war klein und zierlich, sehr fraulich, in körperlicher Hinsicht alles andere als tapfer, eher empfindsam als wagemutig; ein Wildfang ließ sich nicht aus ihr machen. Im Kinderzimmer mit ihren Puppen und der Freifrau Juliana, ihrer Gouvernante, war sie gut aufgehoben; wenn sie billigen Schmuck und Flitterkram anprobieren konnte, war sie glücklich. Lynett hingegen war stets dazu aufgelegt, auf einem viel zu großen Pferd auszureiten, Pfeile auf eine Wildkatze zu schießen oder im Bach mit dem Speer Jagd auf Forellen zu machen. Ihr Vater war Sir Lionel von Lyoness – der Löwe war das Wappentier der Familie und des Landes, daher hieß die ältere Leonie, die Löwin, und die Jüngere Leonet, das Löwenjunge, woraus später dann Lynett wurde. Wenngleich manche sie auch Linnet nannten, was der Name eines dummen kleinen Vogels war, und darüber ärgerte Lynett sich sehr. Niemand bezeichnete sie als hübsch – ihr Haar war schwarz und drahtig, und ihre Augen brannten Löcher in die Decke, so daß sie das Beste oder das Schlimmste daraus machte und so sonnengebräunt aufwuchs wie ein Landstreicher, Arme und Beine von Dornensträuchern und Zweigen zerschrammt, das Haar im Winde flatternd wie bei einer Hexe, bis sie es mit elf so kurz schnitt wie ein Knabe, damit sie einen Helm tragen konnte. Sie ist häßlich, sagten die Leute – doch während sie kräftige, straffe Muskeln entwickelte und Arme und Beine zwanglos bewegte, entwickelte sie auch die Anmut eines jungen Wildtieres. Doch das fiel nur wenigen auf.

Als sie gerade dreizehn geworden war, zu Beginn eines schönen heißen Sommers, verkündete ihr Vater den Mädchen, er erwarte einen Gast. »Einen sehr mächtigen Ritter«, sagte er, »o ja, sehr tapfer. Er heißt Sir Bagdemagus.«

Kaum daß ihr Vater hinausgegangen war, lachten die Mädchen, einander in den Armen liegend, denn »bag« bedeutet »Sack«. »Bag-de-magus! Was für ein Name – Baggy-de-maggy. Der alte Mehlsack ... Ich frag mich, wie er wohl sein wird. Ob er so sackartig ist wie sein Name ...«

»Da möchte ich darauf wetten«, sagte Leonie. »Sackartig und fett und grau und zahnlos. Wieso kann Vater nicht einen netten *jungen* Ritter nach Hause bringen?«

»Vater hat gemeint, er sei tapfer«, sagte Lynett. »Gar so sackartig wird er wohl nicht sein.«

Als er dann eintraf, war die Überraschung groß. Er sprang vom Pferd herunter und stapfte unter lautem Geschepper in den Palast; seine Rüstung funkelte nicht, sondern war von der Reise und vom Gebrauch ganz stumpf. Ein großer Mann, stark und schlank, das Gesicht geprägt von kräftigen Kiefern, breitschultrig, schmal in den Hüften; sein Haar, seine struppigen Brauen, sein Schnurrbart und sein kleiner, gestutzter Bart waren dunkelblond; seine grauen Augen blitzten. Er und Sir Lionel klopften einander zur Begrüßung herzhaft auf den Rükken; dann wurden die Töchter vorgestellt. Bislang waren die Besuche der Freunde ihres Vaters eine höfische Pflichtübung unter Freifrau Julianas Augen gewesen; tiefe Hofknickse, Handküsse: »Seid willkommen, lieber Herr«, »Ganz Euer Diener, verehrtes Fräulein ...«, und anschließend verschwanden sie aus den Augen und aus dem Sinn. Doch diesmal war es anders.

»Das sind also die beiden Frauenzimmer, Leo? Kommt her, gebt mir einen Kuß – nur zu. O ja, die ist eine kleine Dame, gar kein Zweifel. Die hier nicht – oder etwa doch?«

Lynett musterte ihn von oben bis unten. Dieser Mann wollte sie einschüchtern, doch das sollte ihm nicht gelingen.

»Nein«, erwiderte sie und sah ihm in die Augen.

»Willst du denn keine Dame sein?«

»Nein, will ich nicht.«

»Das nennt man Charakter! Ich wette, du wärst lieber ein Knabe, hab ich recht?«

»Ja, das wäre ich!«

Er wandte sich an Lionel.

»Da hast du ja einen rechten Wildfang, Leo. Überlaß

sie mir für ein halbes Jahr, und ich mache einen Mann aus ihr!«

»Ach, red doch nicht einen solchen Unsinn«, lachte Lionel und führte ihn mit sich fort. Aus dem Hintergrund stürzte sich Freifrau Juliana auf Lynett.

»Wie *konntet* Ihr bloß, Lady – so mit ihm zu sprechen und ihm so unverschämt wie ein Bettler ins Gesicht zu sehen. Ihr habt nicht einmal einen Knicks gemacht – ach, Ihr habt uns alle entehrt ...«

Leonie schürzte die Lippen und machte große Augen, Lynett aber warf mutwillig den Kopf zurück und lachte insgeheim über die alte Freifrau Juliana. »Überlaßt sie mir für ein halbes Jahr, und ich mache einen Mann aus ihr!« Ach, wenn das nur möglich wäre ...

Während des Abendessens und später, als sie in der Halle am Kamin saßen, beobachtete sie ihn. Er erzählte Geschichten, wundervolle Geschichten, von Abenteuern und Kriegen und Heldentaten; von Wundern, die ihm begegnet waren, und schrecklichen Gefahren, die er bestanden hatte. Stets war er selbst beteiligt gewesen, hatte alles mit eigenen Augen gesehen, hatte Entscheidungen getroffen und gehandelt. Offenbar hatte er die ganze Welt bereist, und er war tapfer und klug und scherte sich gewiß um nichts und niemanden in der Welt und fürchtete weder Himmel noch Hölle. Sie hörte ihm schweigend zu, und er beachtete sie nicht, und sie war es einstweilen vollständig zufrieden, ihm zu lauschen.

Am nächsten Morgen begegneten sie sich in dem großen, hellen, staubigen Raum neben den Stallungen, wo die Falken untergebracht waren. Sie trug eine lederne Kniehose und ein wollenes Wams wie irgendein Bediensteter und streichelte gerade den großen Wanderfalken.

»Hallo, mein Junge!« begrüßte er sie. Sie grinste ihn an.

»Verstehst du was von der Falknerei?« fragte er in sarkastischem Ton.

»Ja, und Ihr?« erwiderte sie.

»Eine Unverschämtheit! – Ich hoffe, du bist dir darüber im klaren, daß das Tier äußerst gefährlich ist?«

»Was, Jeanne soll gefährlich sein!« Sie zauste dem Vogel das Brustgefieder. »Hier, seht nur. Ich glaube, bei mir vergißt Jeanne, wie gefährlich sie ist.« Der Wanderfalke plusterte sich auf und schlug mit den Flügeln, denn er hörte und roch den Fremden. »Ihr aber solltet besser Abstand wahren – Fremde mag sie nicht.«

Er lachte, zuckte die Schultern.

»Nun, dann wollen wir mal hören, wie gut du dich auskennst«, sagte er und stellte ihr eine Reihe von Fragen zur Falknerei. Er ertappte sie bei keinem einzigen Fehler.

»Ach, lassen wir's dabei bewenden. Kannst du reiten?«

»Selbstverständlich kann ich reiten. Kommt mit, ich zeig's Euch.«

»Ja, sicher«, sagte er und folgte ihr in die Stallungen. »Im Damensitz auf einem lahmen Gaul, wie eine Äbtissin.«

»Das ist ja die Höhe! Wählt Ihr nur Euer Pferd aus, und ich wähle meins.« Kurz darauf erschien sie im Herrensitz auf dem großen Hengst Brutus, der ihrem Vater gehörte und den zu reiten ihr untersagt war. Dagobert der Zwerg, ihr Stallbursche, folgte ihr auf den Fuß. Seine Einwände vermochten sie ebensowenig davon abzuhalten, Brutus zu nehmen, wie sie ihn daran hindern konnte, ihr auf seinem struppigen kleinen Esel zu folgen, denn er hatte Anweisung, sie bei ihren Ausflügen zu begleiten.

Der Ritt war erregend. Zunächst fürchtete sie sich ein wenig, als sie so ungestüm auf dem großen Brutus dahingaloppierte, ließ sich aber nichts anmerken. Dagobert, dessen schütteres weißes Haar nach allen Seiten abstand, zottelte mühsam hinterdrein. Bagdemagus führte sie über Hindernisse hinweg, die Dagobert weitläufig umgehen mußte, und suchte alle möglichen gefährlichen Orte auf. Es war schrecklich, es war wundervoll – sie hatte gar nicht gewußt, daß sie dazu imstande war. Anfangs wünschte sie, es wäre bald vorbei – doch dann, als sie kehrtmachten und wieder zur Burg zurückritten, wünschte sie, es wäre noch ewig so weitergegangen.

Sie schwang sich ohne fremde Hilfe aus dem Sattel.

»Ich werde dich Robin, Rotkehlchen, nennen«, sagte er. »Der Linnet ist kein guter Namensvetter.«

»Ich heiße nicht nach dem Vogel«, entgegnete sie schroff. »Eigentlich bin ich Leonet – das Löwenjunge.«

»Das paßt«, sagte er und klopfte ihr auf die Schulter, als wäre sie ein Stallbursche. »Aber Robin gefällt mir besser. Willst du mein Freund Robin sein?«

»Ja, sehr gern.«

Sie verehrte ihn, betete ihn an, doch kam ihr nie in den Sinn, es könne dabei etwas Geschlechtliches im Spiele sein. Sie betrachtete ihn als Vater oder als den Bruder, der ihr fehlte. Sie war sein Page, sein Knappe, sein Soldat. Er war ihr Hauptmann. Tag für Tag ritten sie gemeinsam aus, und er zeigte ihr, wie man sich im Wald orientierte, lehrte sie Bogenschießen und brachte ihr beim Reiten sämtliche Kniffe bei; und er erzählte ihr Geschichten, wundervolle Geschichten, die er selbst erlebt hatte. Sie hatte das Gefühl, mit jedem Tag mehr zum Manne heranzureifen. Das war das wahre Leben – ganz etwas anderes, als am Kamin und in Gärten geistlose Gespräche zu führen, wie Leonie und die gezierte Freifrau Juliana es taten.

»Verehrte Lady Lynett«, sagte Freifrau Juliana, »ich halte es für unschicklich, daß Ihr soviel Zeit mit Sir Bagdemagus verbringt.«

»Ach, Unsinn, Freifrau!« erwiderte Lynett. »Er ist meines Vaters Gast, und ich darf ihn nicht beleidigen. Mein Vater hat gesagt, ich dürfe jeden Tag mit ihm ausreiten, denn es täte mir gut.« Sie warf den Kopf zurück und stolzierte hinaus. Leonie folgte ihr ins gemeinsame Schlafgemach.

»Sie hat recht, Lynett«, sagte Leonie. »Begreifst du das denn nicht? Ihr beide klebt aneinander wie ein Liebespaar, und bald wird es Gerede geben.«

»Wie ein Liebespaar?« Lynett wandte sich zu ihr um, ohne zu erröten, aber in heller Wut. »Das ist doch lächerlich – wie kannst du so etwas sagen! Er – ich – ach, es ist ganz anders. *Begreifst* du das denn nicht? Damit hat das überhaupt nichts zu tun. Er behandelt mich wie einen ... einen Knaben – er bringt mir allerhand bei – ich bin sein Page ...«

Sie verstummte und blickte in Leonies grinsendes Gesicht.

»Du hast eine schreckliche Phantasie, Leonie! Ach, damit hat das überhaupt nichts zu tun. Sonst würde ich ihn auch gar nicht mögen. Er ist ganz anders als die dummen Jungs, die dir nachlaufen – wie etwa Vaters Page, der fortgeschickt werden mußte – oder dieser gräßliche Priester – o ja, ich weiß Bescheid – aber so ist er nicht.

Und außerdem läuft mir niemand nach. Ich bin häßlich. Das sagen alle. *Er* weiß, daß ich häßlich bin, aber das macht nichts, verstehst du?«

Leonie seufzte.

»Gut und schön, Lynett, meine Liebe, aber ich glaube trotzdem, daß du dich täuschst.«

»Und ich weiß, daß du nichts begreifst.«

... Lynett und Bagdemagus ritten kameradschaftlich aus, und er hielt ihr einen Vortrag über das Leben im Wald und über Kampftechnik.

»Wenn wir doch beide wie Rittersleute auf Wanderschaft gehen könnten, mein lieber Robin!« sagte er. »Bloß du und ich, ohne deinen Zwerg – tagelang durch den Wald reiten ...«

»Ach, wenn das nur möglich wäre!« pflichtete sie ihm bei. »Und nachts im Wald am Lagerfeuer übernachten – ich würde für Euch kochen und in meinem Helm Wasser vom Bach holen ...«

»Und wenn es nun regnete?«

»Ach, Regen würde mir nichts ausmachen – wir würden in einer Höhle oder in einem hohlen Baum sitzen und Lieder singen ...«

»Für Dagobert wäre dort aber kein Platz«, sagte er und blickte sich nach dem Zwerg um, der knapp außer Hörweite hinter ihnen ritt.

»Nein, für Dagobert wäre dort kein Platz.«

Schließlich, in der Glut des Sommers, war es soweit. Sir Lionel war wie so häufig unterwegs. Lynett gelang es, Dagobert mit einem Auftrag viele Meilen fortzuschicken – zusammen mit einer angemessenen Bestechungssumme, damit er den Mund hielt. Mehr als ein langer Tag war ihnen nicht vergönnt – vor Sonnenuntergang mußten sie wieder zurück sein –, aber einen langen, langen Tag hatten sie ganz für sich.

Bekleidet mit Wams und Kniehose stahl sie sich in den taufeuchten Sonnenaufgang hinaus, um sich mit ihm zu treffen; diesmal ritt sie Mayflower, ihre cremefarbene Stute, denn sie wollte den Tag unbeschwert genießen. Sie brachen auf, genossen den frischen Morgen und scherzten miteinander; das Morgenmahl, bestehend aus Brot und Ale, nahmen sie unter einem Baum ein. Immer weiter ritten sie, tief in den Wald hinein. Am Nachmittag schoß er ein Reh, häutete es mit seinem Jagdmesser ab und nahm es aus; sie biß die Zähne zusammen und beteiligte sich an der Prozedur, ohne zuzugeben, daß ihr ein wenig übel dabei wurde. Als sie Feuer gemacht hatten, zeigte er ihr, wie man die Fleischbrocken auf angespitzte Stöcke spießte und über dem Feuer briet. Sie schmausten nach Herzenslust, ins warme Laub am Fuße einer großen Buche gekuschelt. Die Pferde waren in der Nähe angebunden und kauten schläfrig auf dem Zaumzeug. Er holte eine Flasche Wein hervor, wohlschmeckend und überraschend stark. Es war still, warm und angenehm; sie entspannten sich, mit dem Rücken an den Baumstamm gelehnt. Dann wandte er sich zu ihr herum und sagte: »Du bist doch mein guter Kamerad, nicht wahr?«

»Aber ja, ich bin Euer guter Kamerad.« Und sie lehnte sich an seine Schulter an.

»Und als guter Kamerad wirst du tun, was ein guter Kamerad halt so tut.«

»Was meint Ihr damit?«

Da sagte er ihr, was er verlangte.

»Nein – nein – nein.« Die Augen vor Entsetzen geweitet, wich sie gegen den Baumstamm zurück. Sie war fassungslos.

»Ach, komm schon, sei kein Dummerchen. Zier dich nicht. Du hast mich doch ermuntert, seitdem ich ein Auge auf dich geworfen habe.«

»Ich weiß nicht, wovon Ihr redet.«

»Doch, das weißt du genau. Komm schon.«

»Nein – nein – laßt mich – faßt mich nicht an ... Ich hätte nie gedacht ...«

»O doch, das hast du. So eine bist du also? Ich weiß schon – einen Mann erst necken, ihn aufstacheln, bis zum Wahnsinn treiben, bloß zum Spaß, und dann heißt es auf einmal ›Rühr mich nicht an!‹ Beim Kreuz von Golgotha, Mädchen, dafür sollst du mir bezahlen!«

»Laßt mich los ...« Sie versuchte, sich loszumachen, doch er hatte die Hände rechts und links von ihr gegen den Baumstamm gestützt, so daß es kein Entrinnen gab. Es gelang ihr, den kleinen Dolch zu ergreifen, den sie beim Essen benutzt hatte – doch mit einer raschen Bewegung schlug er ihn ihr aus der Hand.

»Schluß damit. Du kannst nichts tun, meine Hübsche, also schick dich besser drein.« Mit diesen Worten packte er sie und nahm sich, was er wollte, grob und brutal.

Und sie hatte keine Wahl, als die schmachvolle Erniedrigung über sich ergehen zu lassen und den Schmerz zu ertragen. Sein erhitztes, schwitzendes Gesicht dicht vor Augen, hörte sie ihn sagen: »Und wenn du irgend jemandem davon erzählst – auch nur einer Menschenseele –, dann komme ich nachts in dein Schlafgemach und schlitze dir die Kehle von einem Ohr bis ans andere auf. Hast du verstanden?«

Hinterher stand er auf und schleuderte sie wie eine Lumpenpuppe gegen die Baumwurzeln.

»Wenn du willst, kannst du jetzt heimreiten. Ich muß sagen, du warst eine Enttäuschung. Viel Spaß gemacht hat‘s nicht.«

»Wie soll ich denn nach Hause kommen?« flüsterte sie vom Boden aus.

»Wie? Da steht dein Pferd, du brauchst bloß meiner Fährte zu folgen. Sonderlich weit ist es nicht, vor Einbruch der Dunkelheit kannst du zurück sein. Aber ich sag‘s dir nochmal«, und er beugte sich über sie, »wenn du jemandem auch nur ein Sterbenswörtchen sagst – deiner Schwester oder deinem Vater – vor allem deinem Vater –, dann komme ich wirklich in der Nacht zu dir, ganz gleich, was du tust – und als erstes mache ich das gleiche mit dir wie heute, und dann schneide ich dir die Kehle durch. Das Blut wird über deine Schultern sprudeln und im Laken versickern, und deine Seele wird geradewegs in die Hölle fahren. Das ist mein Ernst, vergiß das nicht.«

Und ohne ein weiteres Wort wandte er sich ab, stieg aufs Pferd und ritt in den Wald davon.

Lange Zeit lag sie reglos da und überließ sich ihrem Elend.

Irgendwann wurde sie gewahr, daß ein Fremder neben ihr stand. Ein alter Mann mit einem weißen Bart, bekleidet mit einem langen weißen Gewand und einem weißen Leinentuch um den Kopf – nicht die spitz zulaufende Kapuze einer Mönchskutte, sondern ein flach an der Stirn anliegender Turban mit einem seltsamen Edelstein geschmückt. Um den Hals trug er eine kleine Kristallkugel, und in Händen hielt er einen langen, mit Schnitzereien verzierten Stab.

Sie erhob sich mühsam und bemühte sich, ihre Kleidung in Ordnung zu bringen.

»Habt keine Angst vor mir«, sagte der alte Mann mit sanfter Stimme. »Ich weiß, was geschehen ist.«

»Wer seid Ihr? – Was wollt Ihr von mir?«

»Wer ich bin? – Ach, ich bin Merlin. Und weshalb sollte ich etwas von Euch wollen? Ich will Euch helfen.«

»Mir helfen?« Sie sah abweisend zu ihm auf. »Wie wollt Ihr das anstellen? Wollt Ihr mir eine Klippe zeigen, von der ich hinunterspringen kann, oder einen Fluß, um mich zu ertränken? Oder habt Ihr vielleicht Gift dabei? Den Dolch hat er mitgenommen.«

»Nein, mein Kind«, sagte er mit fester Stimme. »Ihr sollt leben.«

»Leben? Wozu?«

»Einmal, um vielleicht eines Tages Bagdemagus' Kopf auf Euren Sattelknauf zu spießen.«

»Ah.« Ihre Wangen nahmen wieder ein wenig Farbe an. »Dafür zu leben, könnte ich ertragen.«

»Zum anderen, um ihm zu verzeihen.«

»Ihm verzeihen? Nie im Leben – nicht einmal dann, wenn mich die Heiligen und die Engel darum bitten würden. Ich werde ihn verfluchen, anstatt ihm zu verzeihen. Hört mich an.« Sie richtete sich gerade auf, reckte die Hand und überkreuzte Zeige- und Mittelfinger. »Hiermit verfluche ich dich, Bagdemagus.«

»Tut das nicht«, sagte Merlin mit tiefer, ruhiger Stimme. »Nicht nur, weil es gegen das heilige Gebot der Nächstenliebe verstößt ...«

»Das heilige Gebot der Nächstenliebe ist mir gleichgültig. Hiermit verfluche ich dich, Badgemagus, zum zweiten Mal.«

»Aber nicht zum dritten Mal! Ach, mein Kind, nicht zum dritten Mal!« Sanft legte er ihr die Hand auf den Kopf, und auf einmal veränderten sich Licht und Schatten im Wald, und durch die seltsamen Lichtblitze hindurch sah sie, wie zwei Wesen von ihr fortliefen – sie ähnelten stacheligen, borstigen schwarzen Kugeln, mit dünnen schwarzen Beinen und weich gepolsterten Füßen, die wie Klauen waren und gleitende, unerbittliche Bewegungen vollführten – als sie sich kurz umwandten, sah Lynett, daß sie auch Augen und mahlende Zähne hatten. Das erste Wesen war klein und häßlich, das zweite, das sich etwas später aufgemacht hatte, war wesentlich größer und noch häßlicher.

»Sie werden zu Euch zurückkehren, versteht Ihr«, erklärte Merlin geduldig. »Wollt Ihr, daß auch noch das dritte zu Euch zurückkommt?«

»Ach, nein!« rief sie aus, worauf die Vision sogleich verschwand. Sie zitterte. »Nein, ich werde ihn nicht zum dritten Mal verfluchen. Aber – was soll ich denn jetzt tun?«

»Was Ihr tun sollt? Natürlich nach Hause reiten und Euer Leben fortführen.«

»Ich habe alles verloren, wofür zu leben sich lohnt.«

Er musterte sie nachdenklich. »Das glaube ich nicht, und Ihr glaubt es auch nicht. Würdet Ihr wirklich glauben, dieses spezielle Ding mache das ganze Leben einer Frau aus, dann allerdings ... Manche Frauen – ja, für manche Frauen stellt die Jungfräulichkeit das einzige Pfund dar, mit dem sie glauben wuchern zu können, und der Platz in eines Mannes Haus ist das einzige, was sie sich damit erkaufen wollen. Aber so denkt Ihr nicht, glaube ich. Habe ich recht?«

Sie nickte.

»Ja, ich wußte es«, sagte er. »Es gibt so manches, was Ihr tun und erreichen wollt. Reitet heim und werdet erwachsen.«

Sie zögerte, mittlerweile tiefrot im Gesicht.

»Oh, ich weiß, wovor Ihr Angst habt. Nein, Ihr werdet kein Kind bekommen. Macht Euch keine Sorgen. Woher ich das weiß? Ich weiß es eben. Nein, ich glaube nicht, daß Ihr Eurem Vater oder sonst irgend jemandem davon erzählen solltet. Einen Krieg können wir im Moment nicht gebrauchen. Sagt nichts, sondern wartet ab. Eure Zeit wird noch kommen. Und jetzt richtet Euch das Haar, steigt aufs Pferd und reitet heim.«

Sie gehorchte seiner beruhigenden Stimme. Er begleitete sie, bis die Burg in Sichtweite lag, dann wandte er sich in den Wald. Sie stahl sich unbemerkt in die Burg. Man berichtete ihr, Bagdemagus sei eine Stunde zuvor eingetroffen, habe aber eine Nachricht erhalten und sei sogleich wieder aufgebrochen. Sie sah ihn nicht wieder ...

... Und so hatte sie ihre Jungfräulichkeit verloren, und jetzt würde Gaheris dahinterkommen. Der grobe, dumme, gewalttätige Gaheris. Gareth hätte Verständnis gehabt und wäre geduldig und mitfühlend gewesen. Sie hätte Gareth alles erzählen sollen. Er aber war nebenan, zusammen mit Leonie und umringt von singenden Brautjungfern und -burschen ... Nein, sie hatten aufgehört zu singen, und jetzt brachten sie den Bräutigam zu ihr. Sie verkroch sich noch tiefer im Bett und zog die Decke hoch bis ans Kinn. Da kamen sie, und Gaheris trug ein langes, pelzbesetztes Nachtgewand (Gott sei Dank war er nicht nackt) und wurde von zwei Brautburschen gestützt; bestimmt war er volltrunken. Einhergehend mit zahlreichen groben Witzen stießen sie ihn neben sie aufs Bett. Die Jungfern bewarfen sie beide mit Blumen und sangen:

Wir wünschen dem Brautpaar reichen Lohn,
Erst ein Mädchen und dann einen Jungen,
Jedes Jahr eine Tochter oder einen Sohn,
Und jetzt haltet Euch umschlungen.

Dann zogen sie die Bettvorhänge zu und entfernten sich. Die beiden Vermählten lagen in ihre Nachtgewänder gehüllt stocksteif da, bis alle hinausgegangen waren; die Fackeln und Kerzen hatten sie mitgenommen, so daß es nun dunkel in der Kammer war. Und dann sprach er sie an, ohne sich zu ihr umzuwenden. »Ich glaube, Madam, dieses Arrangement sagt Euch ebensowenig zu wie mir.«

3

Wie Sir Ruber Lady Leonie den Hof machte

Und so hatte sie in dieser langen, spannungsreichen, schlaflosen Nacht wieder einmal Gelegenheit, sich zu erinnern.

Grausam waren die Wechselfälle, mit denen das Leben sie bedachte, noch ehe sie siebzehn wurde. Leonie war gerade achtzehn geworden, als ihr Vater tödlich verletzt von einem Jagdausflug zurückkehrte. Und kaum war er begraben, zog der Ritter von den Roten Auen ein und nahm alles in Besitz.

Der Ritter von den Roten Auen war ein furchtbarer Mann. Bagdemagus war zumindest von angenehmer Erscheinung gewesen. Dieser Mann aber ... Die Roten Auen, von denen sein Name herrührte, waren ein trostloses Sumpfgebiet an der Mündung eines träge dahinfließenden Flusses, dessen rosthaltiges rotes Wasser den Schlamm, die Schilfwurzeln und alles, was dort wuchs, rot färbte. Der Fluß trat aus Höhlen hervor, von denen es hieß, ein Zwergenstamm schmiede darin für den Ritter Schwerter und Rüstungen – diese Zwerge aber seien nicht frei wie die meisten ihrer Rasse, welche den Menschen um der Ehre willen als Handwerker gute Dienste leisteten, sondern elende Sklaven des Roten Ritters. Und wie sein Land war auch er ein roter Mann – man nannte ihn Ruber, den Roten Ritter –, selbst wenn sein kurzes, struppiges, räudiges Haar pechschwarz war; sein Gesicht war rot, aufgedunsen und derb. Er hatte faulige Zähne und einen üblen Atem.

Er kam in Begleitung von zwanzig Männern, vorgeblich um den beiden Damen zum Tod ihres Vaters sein Beileid auszusprechen, und so sahen sie sich gezwungen, ihn zu empfangen, obwohl sie in Trauer waren. Leonie und Lynett rafften sich auf und versammelten ihre wenigen Bediensteten – Freifrau Juliana, den alten Haushofmeister, Dagobert den Zwerg, den Koch und seinen Küchenjungen, die beiden Zofen, drei Leibwächter –, und dann taten sie ihr Bestes, um dem unerwarteten Gast und seinen zwanzig Gefolgsleuten ein Mahl aufzutischen. Leonie, Lynett und Freifrau Juliana nahmen in ihren schwarzen Gewändern mit ihm an der hohen Tafel Platz und bemühten sich um größtmögliche Höflichkeit. Seine Unterhaltung indes war alles andere als höflich.

Nach dem Mahl, als er kurzen Prozeß mit dem besten Wein gemacht hatte, der ihnen geblieben war, schob Sir Ruber den Stuhl zurück, klopfte mit dem Messerknauf auf den Tisch und bat um Ruhe.

»Madam Leonie von Lyonesse«, sagte er, »ohne große Umschweife – ich möchte um Eure Hand anhalten. Jetzt, da Euer Vater verschieden ist – äh, Gott sei seiner Seele natürlich gnädig –, braucht Ihr einen Mann, der Euch beschützt – einen Mann, der sich Eurer, der Ländereien und der Burg annimmt. Hier bin ich, und ich hoffe, Ihr willigt ein, dann können wir morgen heiraten. Nun?«

Die drei Frauen zuckten gleichzeitig zusammen und

schnappten nach Luft; dann erhoben sie sich alle drei, und Leonie wandte sich Sir Ruber zu. Er und seine zwanzig Männer erwarteten eine Antwort von ihr.

»Hochgeschätzter Sir Ruber«, sagte Leonie mit ihrer hohen, klaren Stimme, »ich danke Euch sehr, aber – ich sage nein.«

»Nein?« rief er, und seine Miene verzerrte sich. »Ihr sagt nein? – Ihr wagt es, mein wohlmeinendes Angebot auszuschlagen?«

»So ist es, mein Herr. Ich sage nein.«

»Beim Blut Christi! So einfach geht das nicht – ich dulde es nicht. Madam, ich sage, Ihr *müßt* ...«

»In dieser Angelegenheit gibt es kein *Muß*. Kommt, Lynett, Juliana, rasch –«, denn er machte bereits Anstalten, sie zu packen. Die hohen Armlehnen ihres Stuhls aber behinderten ihn, und so gelang es den drei Frauen, gefolgt von den Bediensteten durch die Tür an der Rückseite des Podiums zu entwischen.

»Dagobert, schieb die große Bank vor die Tür – leg alle Riegel vor – sofort.« Sie stieg zur Galerie hinauf, die Ausblick auf die Halle bot. Während der Rote Ritter gegen die Tür zu hämmern begann, öffnete sie über ihm ein Fenster. Er schaute zu ihr hoch und knurrte sie an wie ein Tier.

»Wollt Ihr mir etwa die Stirn bieten, Madam?«

»Allerdings. Ich wünsche Euch eine gute Nacht und sage Euch Lebewohl. Danke für Euren Besuch, und seid bitte leise, wenn Ihr aufbrecht.«

»O nein, das werden wir nicht tun. Wir bleiben solange hier, Lady, bis ich Euer Jawort habe.«

»Dann müßt Ihr in der Halle nächtigen, denn die Tür vermag einer Belagerung zu trotzen – und außerdem befinden sich die Küche, die Speisekammer und sämtliche Vorräte auf meiner Seite der Tür.« Damit schlug sie das Galeriefenster zu und zog sich zurück.

Später rief Leonie das Gesinde zusammen – den Haushofmeister, Dagobert, den Koch und alle anderen – und weihte sie in ihren Plan ein, der darin bestand, in ihren Gemächern auszuharren, die das Frauengemach und das beste Schlafzimmer umfaßten, unter denen sich die Küche und die Speisekammer befanden, und Ruber und seiner Bande die Halle zu überlassen, bis Durst und Hunger sie vertrieben. Hier konnte ihnen niemand etwas anhaben – Dagobert und die Leibwächter hatten die Tür so gut verrammelt, daß die Eindringlinge schon Feuer hätten legen müssen, um hindurchzukommen.

»Er wird kein Feuer legen«, versicherte Leonie, »denn er will nicht die Burg beschädigen. Auf sie hat er es abgesehen, da wird er sie nicht niederbrennen. Hört nur mal, welch einen Lärm er da mit seinen Freunden macht! Aber wir werden sie schon aushungern.«

So dachten sie bis zum nächsten Morgen, als sie durchs Galeriefenster blickten. Im großen Kamin loderte ein gewaltiges Feuer, und darüber briet ein Ochse – den Ruber offenbar aus der burgeigenen Herde entwendet hatte. Auch Weinfässer waren zu sehen, die er wohl anderswo gestohlen hatte.

»Ich fürchte, es wird uns nicht gelingen, sie auszuhungern«, sagte Lynett.

»Lady«, sagte Freifrau Juliana, »glaubt Ihr nicht, in Anbetracht der Tatsache, daß Ihr keinen Mann habt und eine alleinstehende Frau einen Beschützer braucht –

schließlich hat er Euch ein ehrenvolles Angebot gemacht ...«

»Ein ehrenvolles Angebot?« rief Leonie aus, und ihre blauen Augen blitzten. »Wollt Ihr mir wirklich raten, Freifrau Juliana, mich diesem Räuber auszuliefern? Nein, nein, nein – außerdem bin ich in Trauer, das habt Ihr wohl vergessen. Wir sind für eine Belagerung wohlgerüstet. Was meint ihr?« Sie blickte die Bediensteten an. Die Zofen wirkten verängstigt; der Haushofmeister wollte sich nichts vergeben; Dagobert aber, die Leibwächter und der Koch applaudierten ihr.

»Laßt Euch von diesem Rüpel bloß nicht unterkriegen, Lady. Wir werden's ihm schon zeigen.«

»Das werden wir.« Sie lächelte alle an. »Kapitulation kommt nicht in Frage.«

4

Wie Lynett sich auf Wanderschaft begab

Und so verbarrikadierten sie sich und trotzten der Belagerung. Die Tage verstrichen nur langsam – und ließen ihre Mägen hungrig. Die Bediensteten kletterten über Dächer und verfallene Galerien und versorgten sie von Zeit zu Zeit mit Neuigkeiten.

»Sie haben sämtliche Pferde fortgeschafft. Sie sind einfach mit ihnen weggeritten – Brutus und Mayflower, alle sind sie fort.«

Und als nächstes berichtete Dagobert: »Sie haben sämtliche Falken freigelassen.«

»Was, Jeanne auch?«

»Ja, Jeanne auch, fürchte ich.«

»Ach, zur Hölle mit ihnen!« schrie Lynett. »Ich habe Monate mit dem Falken verbracht, und er hat sich so an mich gewöhnt, und ... und ich habe ihn liebgewonnen. Die ganze Mühe umsonst.«

»Wenigstens haben sie ihn nicht gegessen«, warf Freifrau Juliana ein und schnitt eine Grimasse. Was die letzte Mahlzeit betraf, die der Koch ihnen nahezu schuldbewußt aufgetischt hatte, hegte sie so ihre Zweifel.

»Wenn wir bloß König Artus eine Nachricht schicken könnten«, meinte Lynett. »Dem jungen König Artus. Es heißt, seine Ritter zögen durchs Land und retteten Frauen vor derlei Schurken. Wenn es jemandem gelänge, Camelot zu erreichen und mit ihm zu sprechen ...«

»Aber wer sollte das sein?« fragte Leonie. »Wen der Bediensteten würdest du losschicken wollen?«

Lynett legte die Stirn in Falten und stützte das Kinn auf die Hand.

Leonie fuhr fort: »Die Leibwächter können wir nicht entbehren – es sind eh bloß drei. Dagobert ist zu bekannt, den würden sie gleich entdecken. Barbon – wie wäre es mit Euch?«

Barbon, der Haushofmeister, breitete die Arme aus.

»Ich bitte um Verzeihung, Lady, aber meine müden Glieder ...«

»Nein, natürlich nicht. Den Koch brauchen wir, und einem Koch würde König Artus sowieso kein Gehör schenken, und die Stallburschen könnten sich nicht einmal die Nachricht merken. Dann bleibt uns nur noch ...«

»Ich nicht, Lady«, sagte Freifrau Juliana.

»Aber ...«

Lynett erhob sich und schüttelte den Kopf, als käme sie gerade aus dem Wasser. »Natürlich. Ich muß gehen. Wer sonst?«

»Aber Lady Lynett!« jammerte Freifrau Juliana. »Das könnt Ihr doch nicht tun! Wie wolltet Ihr das anstellen? Wie wollt Ihr an den Wachposten vorbeikommen?«

»Ich gehe zu Fuß, denn Pferde haben sie uns keine gelassen, und ich kleide mich wie ein Stallbursche. Auf die achten sie nicht so sehr, und entweder ich kann unbemerkt entwischen, oder ich lasse mir etwas einfallen. Ich tu's.«

»Aber Lady Lynett – das schickt sich doch nicht!«

»Noch viel unschicklicher wäre es, wenn wir Sir Ruber in die Hände fielen«, gab sie entschlossen zurück. »Ja, ich gehe, und mit Gottes Hilfe werde ich die Burg Camelot schon erreichen. Es könnte einen Monat dauern, aber wenn ihr alle – wenn ihr einfach solange am Leben bleiben würdet?« Ihr anfänglich noch energischer Tonfall war immer verzagter geworden.

Und so stahl sie sich in einem nicht sonderlich sauberen Gewand aus grober Wolle, mit kurz geschnittenem Haar und dreckverschmiertem Gesicht aus dem kleinen rückwärtigen Tor. Es war zwar verbarrikadiert, doch die Leibwächter räumten es für sie frei und verabschiedeten sie mit Gebeten und guten Wünschen. Das Tor schloß sich hinter ihr, sie vernahm das Rumpeln und Poltern, mit dem die Barrikade wieder aufgebaut wurde, und dann war sie allein draußen vor der Mauer. Allein – nicht einmal ein Pferd, das ihr zur Seite gestanden hätte.

Es war stockdunkel, und sie stand in dem ausgetrockneten Graben, der die Burg umschloß. Sie kniff die Augen zu, um sich an die Dunkelheit zu gewöhnen; als sie die Augen wieder öffnete, sah sie ein wenig besser, doch fühlte sie sich auch um so verletzlicher. Auf dem Grabenwall patrouillierte ein Mann. Sie wartete, bis er sie passiert hatte, dann kletterte sie den Wall hinauf. Der Mann hatte ihr aufgelauert – sein Arm schnellte vor –, sie aber trat rasch zurück und wich ihm aus.

»Bitte, Herr, laßt mich vorbei. Ich tu Euch nichts.« Es gelang ihr recht gut, eines der streunenden Kinder zu imitieren, welche bisweilen auf dem Burghof ihr Unwesen trieben. »Ich wollte gerade mal schauen, ob für mich bei den Rittern was zu beißen abfällt. Wollt Ihr vielleicht ein paar Silberlöffel kaufen?«

»Na los, pack dich, du Satansbraten!« sagte der Mann und stieß mit dem Spieß nach ihr. Lynett heulte erbärmlich auf und rannte in den Wald.

So weit, so gut. Als sie keine Geräusche menschlichen Ursprungs mehr vernahm, blieb sie stehen. Die Erregung der Flucht war verflogen, und auf einmal war es sehr still. Sehr still und sehr dunkel, und die Baumkronen verdeckten den Himmel, und sie war umgeben von Gebüsch und hatte fürchterliche Angst.

Niemand ging nachts in den Wald. Niemand jagte nachts, abgesehen von einigen wenigen tollkühnen, bösen Männern. Nicht einmal zu der Zeit, als sie mit Bagdemagus umhergestreift war, hatte sie des Nachts den Wald betreten. Und jetzt war sie allein, allein und ganz auf sich gestellt, und kannte nicht einmal den Weg. Sie wußte bloß, daß sie dem Pfad folgen und die Burg hinter sich lassen mußte. Wenn sie doch bloß hätte umkehren und zurücklaufen können! Doch das kam nicht in Frage, so sehnlich sie es sich auch wünschen mochte. Sie mußte weitergehen.

Und so trottete sie den staubigen Pfad entlang, ständig nach rechts und links spähend und den Dolch umklammernd, ihren einzigen Schutz.

Finster und raschelnd nahm der Wald sie auf. Es schien kein Mond, und der Wind wehte in Böen, und zwischen den Windstößen knackte und knarrte es. Geräusche ... Geräusche ... Eigentlich müßte ich doch wissen, dachte sie erbost, daß dieser grauenhafte Schrei von einer jagenden Eule stammt und dieses klagende Heulen von einer anderen Eule und daß es sich bei den Wesen im Gebüsch um kleine Vögel handelt oder um Wühlmäuse oder ... oder ... Sie konnte den Gedanken nicht weiterverfolgen –

war es nicht einerlei, was das war, wenn ihr, ach Gott, ach Gott, das Herz in der Brust so heftig pochte, daß sie kaum Luft bekam? Sie trabte weiter, achtete aber darauf, nicht zu rennen. Als sie sich umsah, schimmerte der Pfad verlassen. Abermals blickte sie sich um, und jetzt bemerkte sie, daß der Mond aufging. Und dann, als sie einen Moment innehielt, rollte etwas heran, das sich scharf vor dem aufgehenden Mond abhob. Wie ein schwarzer Ball schien es aus dem Mond hervor- und auf sie zuzurollen, mit einem sirrenden, knurrenden, furchteinflößenden Geräusch. Dann faltete es sich auseinander und richtete sich auf, eine große, schwarze Gestalt, auf zwei Beinen stehend und gekrönt von einem Fuchskopf, und es kam auf sie zu. Sie schrie auf, konnte sich aber nicht bewegen. Nur wenige Schritte von ihr entfernt wandte sich das Wesen plötzlich ab und verschwand im Gebüsch am Wegesrand. Doch es entfernte sich nicht. Während sie sich umwandte und losrannte, hörte sie, wie es neben ihr durchs finstere Unterholz brach. Und dann vernahm sie auch auf der anderen Seite des Weges ein Rascheln. Beide Wesen, was immer sie sein mochten, folgten ihr.

Dann stieg hinter ihr der Mond empor und beschien den vor ihr liegenden Pfad, und da waren sie – alle beide – die großen, schwarzen, fuchsköpfigen Wesen mit den funkelnden Augen und Zähnen. Sie standen beiderseits des Weges und warteten auf sie.

Sie greinte wie ein verlassenes Kind und hockte sich mitten auf dem Weg nieder. In diesem Moment ertönte vor ihr ein pfeifender, zorniger Schrei – ganz ähnlich dem Schrei eines Falken, aber wie konnte das sein? Und aus dem Himmel stieß ein Knäuel von Klauen, Schnabel und schlagenden Schwingen nieder, warf sich den schwarzen Schreckgespenstern entgegen, wich aus und griff sogleich wieder an – sie schraken zusammen, wichen zurück und flohen – vielleicht brachen sie auch in Stücke, das konnte Lynett nicht erkennen –, aber jedenfalls verschwanden sie, als habe der Wind sie fortgeweht, und der Falke ließ sich mit leise schwirrendem Gefieder auf Lynetts ausgestrecktem Arm nieder.

»Jeanne!« rief sie aus. »Ach, Jeanne! Du bist mir zu Hilfe gekommen – ach, mein Liebling!« Und sie streichelte dem Falken den weichen, flaumigen Hals. Jeanne trippelte auf dem Arm vor und zurück und näherte ihren Schnabel Lynetts Ohr. Zu Lynetts Verwunderung sprach Jeanne sie mit leiser, kehliger Stimme an.

»Natürlich bin ich gekommen. Hab keine Angst. Ich bin bei dir. Wenn es hell wird, fange ich dir ein Kaninchen. Laß mich auf deiner Schulter sitzen, dann brauchst du mich nicht zu halten.« Und weiter ging es durch den Wald, und Lynett fürchtete sich nicht mehr.

5

Wie Lynett mit einem Küchenjungen verwechselt wurde

Und so gelangte sie nach drei Tagen zusammen mit ihrem Falken zur großen Burg Camelot, von der die Fahnen des jungen König Artus wehten.

»Hier muß ich dich verlassen«, flüsterte Jeanne, »denn wenn ich dich begleite, steckt man mich zusammen mit allen möglichen anderen Vögeln in den Käfig. Irgendwann aber komme ich zurück zu dir.« Und sie schwang sich von Lynetts Arm empor und verschwand in der Weite des Himmels, und Lynett begab sich in die Zitadelle.

Sie war braungebrannt und schmutzig, das Ebenbild eines streunenden Bauernkinds.

»He, hier geht's nicht weiter!« sagte ein Mann, als sie am großen Haupteingang angelangt war. »Für solche wie dich ist hier kein Durchgang.«

Verwirrt schloß sie sich der drängelnden, schubsenden und lärmenden Menge an und fand sich schließlich vor dem Eingang der großen Küche wieder.

Hier wurde sie von einem anderen Mann grob beiseite gestoßen.

»Küchenjungen sitzen auf der Bank dort drüben!« übertönte er den Lärm.

»Aber ich bin kein Küchenjunge«, entgegnete sie.

»Noch nicht, ich weiß. Und wenn du nicht solange brav bist, bis Sir Kay kommt, wirst du auch nie einer werden – und *wenn* er da ist, solltest du dich erst recht benehmen.«

Sie hatte keine andere Wahl. Lynett wurde auf eine Bank geschubst, als letzte in einer Reihe von Knaben, die ähnlich zerlumpt waren wie sie. Zumindest war es in der großen Küche warm, und man stand nicht im Regen, und Essensduft stieg einem in die Nase – appetitlich, aber quälend, denn sie war sehr hungrig.

Und da erblickte sie auf der anderen Seite der großen Feuerstelle – Gareth. Hochgewachsen, der Mund aber noch geprägt von der Weichheit der Jugend; flachshaarig und mit verblüffend blauen Augen, die sie anschauten, als wollten sie ihr etwas sagen. Er kam zu ihr herüber.

»Hab keine Angst«, sagte er. »Wenn man gerade anfängt, ist es immer so.« Er reichte ihr eine Schüssel mit kräftiger Gemüsesuppe, die sie mit kalten Händen entgegennahm. »Hier, iß das auf, bevor dir jemand zuvorkommt.«

Während sie die köstliche Suppe löffelte, die ihr Wohlbefinden sogleich hob, blieb er bei ihr stehen. Als der Mann, der Lynett als erster angesprochen hatte, vorbeieilte, verbarg er die Schüssel mit seinem Ärmel.

»So, Schönhand«, sagte der Mann, »und jetzt mach fix – Sir Kay macht gerade seine Runde. Hört mal, Jungs – wenn er eintritt, steht gefälligst auf und redet ihn mit ›Sir‹ an.«

An der Tür wurde es laut, und dann trat mit einem Gefolge von Köchen und Küchengehilfen Sir Kay ein, ein stämmiger, schwarzbärtiger, prachtvoll gekleideter

Mann. Er näherte sich den Knaben auf der Bank, die sich folgsam erhoben. Lynett hingegen blieb sitzen.

Er hielt vor ihr inne.

»Wen haben wir denn da? Doch nicht etwa wieder so ein Schönhändchen? Steh auf, Junge, wenn ich mit dir spreche.«

Lynett blieb sitzen, richtete sich aber zu voller Größe auf und hob mit hoher Stimme zu sprechen an.

»*Master* Kay – die Ehre, Euch mit Sir anzureden, will ich Euch vorenthalten, denn Ihr seid ein Ritter der Tafelrunde, deren vielgerühmte Höflichkeit Ihr allerdings vermissen laßt.«

Alle unterbrachen ihre Tätigkeiten und Unterhaltungen und lauschten.

»*Master* Kay – ich bin kein Küchenjunge. Ich bin eine Lady. Ich bin eine verkleidete Dame und gekommen, König Artus um eine Gunst zu bitten, während Ihr und Eure Lakaien mich wie einen Küchenjungen behandelt habt. Wie einen Vagabunden. Wie eine gewöhnliche Küchenhilfe. Bloß weil ich in diesem Kostüm zu Euch gekommen bin – weil ich unter Einsatz meines Lebens aus meiner Burg geflohen und zu Fuß Gefahren getrotzt habe, die jeden Eurer fetten Gehilfen in Angst und Schrecken versetzen würden – deshalb bin ich verkleidet und schmutzig – und deshalb habt Ihr mich in die Küche gesteckt und zugelassen, daß mich Euer Küchenaufseher wie den elendsten Hergelaufenen behandelt, der um Arbeit bettelt – ausgerechnet hier? Eher würde ich im Höllenfeuer Arbeit suchen ...«

Sie schöpfte einen Moment Atem und gewahrte voller Genugtuung und Bestürzung, daß die Männer eingeschüchtert waren. Sie fuhr fort: »Ich bin von hoher

Geburt, die Tochter eines großen Geschlechts, und habe diesen langen und gefahrvollen Weg zurückgelegt, weil ich König Artus um Unterstützung für meine hohe Schwester bitten möchte, die von einem ungehobelten Flegel in ihrer Burg festgehalten wird – ungehobelte Flegel aber gibt es anscheinend überall. Ich habe gehört, die Ritter der Tafelrunde seien höfliche Männer und allzeit bereit, Damen in Gefahr zu helfen. Doch anscheinend sind auch sie nichts weiter als ungehobelte Flegel ...«

Allmählich erwärmte sie sich für das Thema. Schäumend vor Wut hielt sie ihre Standpauke. Die Worte flogen ihr nur so zu. Sir Kay und sein Gefolge traten verlegen von einem Bein aufs andere. Schließlich rief er: »Lady, es reicht! Lady, Lady, Lady – ach, ich bitte Euch – ich bitte Euch um Verzeihung – aber es reicht. Kommt mit, dann wird sich alles finden. König Artus wird Euch sogleich empfangen.«

»Nein, so nicht«, entgegnete sie. »Was fällt Euch eigentlich ein, mich stinkend und schmutzig vom weiten Weg König Artus vorstellen zu wollen? Nein – zunächst einmal besorgt Ihr mir ein sauberes Gewand und richtet mir ein Bad ...«

»Ja, gewiß. Bitte hier entlang, Madam.«

Und er geleitete sie aus der Küche hinaus, während die anderen ihnen sprachlos nachstarrten. Schönhand war längst vergessen und blieb bei den anderen zurück.

Und so führte der gedemütigte Sir Kay sie über zahlreiche Treppenfluchten in ein prachtvoll ausgestattetes Frauengemach, wo mehrere höchst überraschte Damen sie badeten, kämmten und geziemend kleideten, voller Bewunderung für ihre Abenteuer und ihre Tapferkeit. Und dann geleitete man sie zu König Artus.

König Artus war jung, kaum älter als sie, strahlte aber Macht und Würde aus, wie er da so der Tafelrunde vorsaß. Die Tafel war noch viel schlichter als in späteren Zeiten – was Lynett da vor sich sah, war ein großer, kahler, runder Holztisch, ohne Schnitzereien oder Bemalung – all das kam erst später hinzu. Die Ritter saßen an ihren angestammten Plätzen, die Stuhllehnen überragt von den Wappenschilden. Zur Rechten des Königs saß die frisch mit ihm vermählte Königin Guinevere, die Weiße Erscheinung, und zu seiner Linken Merlin; als sie ihn erblickte, setzte Lynetts Herzschlag einen Moment aus. Ihn hatte sie hier nicht erwartet.

Mit knappen Worten berichtete sie, was geschehen war, und der König antwortete ihr höflich.

»Schöne Frau, Ihr seid willkommen, und Euch soll Recht geschehen. Vom Ritter von den Roten Auen haben wir bereits gehört. Wir werden Euch einen Ritter mitgeben, der Eure Schwester befreien soll. Nun denn, wer ...«

Er verstummte, denn hinter Lynett war jemand eingetreten. Sie vernahm eine frische, jugendliche Stimme. »Majestät, ich beanspruche dieses Abenteuer für mich. Dies ist die zweite Gunst, die ich von Euch erbitte, die zweite von dreien, die Ihr mir gewährt habt; und die dritte ist, daß Ihr mich unverzüglich zum Ritter schlagt, damit ich die Dame begleiten kann.«

»Wer ist das?« fragte der König, und Merlin flüsterte ihm den Namen zu. Dann sagte Artus: »So sei es. Junger Mann, dies Abenteuer gehört Euch. Ihr werdet so bald wie möglich in geziemender Form zum Ritter geschlagen werden. Lady, Euer Beschützer.«

Und sie wandte sich um und erblickte den Küchenjungen Schönhand.

Es war, als habe sie einen Schlag ins Gesicht erhalten – alles drehte sich um sie, und erst wurde sie blaß, dann rot vor Zorn.

»Majestät«, sagte sie mit erstickter Stimme, »spottet Ihr meiner? Falls ja, so ist dies ein übler Scherz auf meine Kosten ... Wie? Kann ich mich nach gefahrvoller Reise denn nicht als Küchengehilfe verkleidet an Euch wenden, ohne daß Ihr mir einen Strick daraus dreht und mir statt eines Ritters einen Küchendiener mitgebt? Majestät, das ist nicht recht von Euch.« Und sie brach in Tränen aus, wandte sich um und flüchtete aus dem Saal.

Sie rannte über Treppen und lange Gänge, ganz allein und verwirrt. Sie wußte nicht, wohin sie lief, bloß daß sie fort mußte. Und schließlich ließ sie sich in einem stillen Kreuzgang auf eine steinerne Bank niedersinken; und dort fand sie Merlin.

»Schon wieder Ihr«, sagte sie. »Was wollt Ihr?«

»Das gleiche wie zuvor«, antwortete er und setzte sich neben sie. »Ich will nichts von Euch. Ich möchte Euch wieder auf den rechten Weg leiten. Ihr solltet Euren Beschützer nicht verachten.«

»Beschützer! Man hat mir einen Küchenjungen gegeben – bloß weil ich in Verkleidung hierher kam und dieser Emporkömmling Kay meinen Aufzug für bare Münze nehmen mußte – man verspottet mich, man verspottet mich – diese Tafelrunde, die Blüte der Ritterlichkeit, pah! – Da spucke ich drauf ... Bei der heiligen Messe, ich glaube, ihr Küchenjunge ist womöglich noch ritterlicher als sie.«

»Jetzt hört mir mal zu, mein Kind«, sagte Merlin sehr geduldig, »der König wollte keineswegs unhöflich sein, als er Euch den jungen Beaumains zugeteilt hat – ich versichere Euch, daß er von Eurer Verkleidung nichts gewußt hat. Das war keineswegs herabsetzend gemeint. Wißt Ihr denn nicht, daß man einen Menschen nicht nach seinem Äußeren beurteilen soll? Das solltet Ihr gerade wissen.«

»Wer ist er denn – dieser Beaumains?«

»Nein, das werde ich Euch nicht sagen. Stellt ihn auf die Probe und bildet Euch Euer eigenes Urteil. Ich will bloß soviel sagen, daß das Schicksal ihn zu Eurem Beschützer bestimmt und ihm dieses Abenteuer zugedacht hat. Und nun geht zurück und bittet den König um Verzeihung.«

»Ich soll um Verzeihung bitten – ich?«

»Er ist der König. Und dann brecht mit Eurem Beschützer auf. Eure Schwester wartet auf Euch.«

Und so ging sie zurück, sagte nur sehr wenig, und am nächsten Tag, nachdem man ihr ein Pferd gegeben und sie für die Reise geziemend ausgestattet hatte, machte sie sich zusammen mit Gareth auf den Weg, wie schon häufig genug berichtet wurde.

... Und nun lag sie neben Gaheris und quälte sich mit der Erinnerung an den Spott, die Brüskierungen und schmerzhaften Beleidigungen, mit denen sie Gareth unterwegs überhäuft hatte, und dachte daran, wie geduldig und tapfer er dies alles über sich ergehen ließ und wie ihre immer mehr erstarkende Liebe im Widerstreit mit ihrem Stolz gelegen hatte, bis sie ihn schließlich besiegte – und dies alles nur, um Gareth an ihre Schwester weiterzureichen – auf daß sie glücklich wären bis an ihr Lebensende, wie man so sagte.

6

Wie Lynett zum Ritter geschlagen wurde

Sie war wohl eingeschlafen, denn als Gaheris sich aus dem Bett erhob, wachte sie auf. Es war noch dunkel. Sie hörte, wie er sich vor dem Bettvorhang ankleidete. Dann teilte er den Vorhang und blickte zu ihr hinein.

»Madam«, sagte er, »ich glaube, es ist am besten, wenn wir hier und jetzt auseinandergehen. Ich gehe fort und sage Euch Lebewohl. Hoffentlich begegnen wir uns nie wieder.«

Und damit ließ er den Vorhang herabfallen – sie hörte, wie die Tür knarrte und hinter ihm ins Schloß fiel, und dann vernahm sie das Geräusch seiner Schritte, die sich über die Steinfliesen entfernten. Er war weg.

Einen Moment lang lag sie da wie betäubt, dann strömten ihr Tränen des Zorns aus den Augen. Ein Schlag ins Gesicht, nicht weniger. Zugegeben, sie liebte ihn nicht, sie hatte sich vor der Hochzeitsnacht gefürchtet und Erleichterung verspürt, als er sie nicht anrührte – aber sie einfach so zu verlassen! Welche Erniedrigung, welche Schmach. Voller Mutlosigkeit dachte sie an den nächsten und die vielen folgenden Tage – an die geplanten Schmausereien und Festlichkeiten. Zunächst käme die Abaude, und als wenn die Frischvermählten nicht schon genug Lieder gehört hätten, würden sie von einer Horde junger Männer und Frauen mit einem Morgenständchen geweckt werden – und man würde sich voller Anzüglichkeiten erkundigen, wie die Nacht gewesen sei – gefolgt von der rituellen Versicherung, daß die Braut Jungfrau gewesen sei – und dann bekämen sie eine würzige Suppe aus warmem Ale und Haferschleim vorgesetzt, damit sie nach den nächtlichen Ausschweifungen wieder zu Kräften kämen ...

Leonie würde ihren Spaß daran haben, denn trotz ihrer Zimperlichkeit war sie neugierig auf den Bräutigam gewesen, und sie würde es genießen, über die groben Scherze zu erröten. Sie aber, Lynett – sie hatte keinen Bräutigam an ihrer Seite. Sie war allein, vernachlässigt, verstoßen. Der Klatsch würde in der Burg widerhallen wie eine Glocke. Er verabscheute sie. Er hatte festgestellt, daß sie keine Jungfrau mehr war – allmächtiger Gott, das war leider nur allzu wahr. Aus irgendeinem Grund hatte er sie verschmäht. Und da säße sie nun mit dem widerlichen Brei und würde darauf herumkauen und sich übergeben ... Dann kämen die Feste und Vergnügungen. Würde sie ohne Gemahl, während um sie herum fröhliche Eintracht herrschte, mit ihrer Schwester und Gareth am Tisch sitzen und ihnen mit Honigwasser zuprosten müssen? Weder Mädchen noch Frau noch Witwe, nicht einmal eine ehrenhafte alte Jungfer.

Die quälenden Worte schwirrten ihr durch den Kopf, Worte, die sie ausgesprochen haben würde, hätte ihr nur jemand zugehört. Voller Bitterkeit sprach sie im Geiste zu einem abwesenden Gaheris, in einem fort, bis sie das Gefühl hatte, vor aufgestauter Wut zu platzen, und ihr die Augen brannten und sie einen trockenen Mund und Magenkrämpfe bekam ...

Schließlich stand sie auf und zündete eine Kerze an – in

einer Truhe neben dem Bett waren ein paar Kleider sowie ihr Geld und ihr Schmuck. Sie entdeckte die Reitsachen, die sie getragen hatte, als sie mit Leonie von Lyonesse hergeritten war. Leonie war im Damensitz geritten, bekleidet mit einem verschwenderisch gesteppten Kleid, Lynett aber war es unpassend erschienen, einen solch weiten Weg mit einem dermaßen ungeeigneten Kleidungsstück zurückzulegen, und hatte Kniehosen getragen und war geritten wie ein Mann. Und da waren nun die Kniehosen und ein durchaus ansehnliches Wams, dazu noch ein nützlicher Umhang mit Kapuze. Sie kleidete sich an.

Dann schritt sie schaudernd über die ausgestreuten zertrampelten Blüten hinweg, durchquerte den Gang und trat nach draußen. Morgenröte überzog den Himmel, und sie atmete tief die frische Morgenluft ein. Sie schlüpfte in den Stall und ging weiter zum Vogelgehege, das ganz ähnlich war wie das der Burg Lyonesse. Hier fühlte sie sich schon eher zuhause – der Geruch war ihr wohlvertraut und übte eine beruhigende Wirkung auf sie aus. Und da saß auf einer Stange Jeanne.

Jeanne hatte sich wohl im Laufe der Nacht hereingestohlen und saß nun ohne Haube, Fußband und Glöckchen zwischen zwei Hühnerhabichten. Seit über einem Jahr war Jeanne jetzt frei, und für die Jagd ist ein solcher Falke auf Dauer verdorben – er kehrt nicht mehr zurück. Jeanne aber war zurückgekehrt. Mit leise schwirrenden Flügeln flog sie auf Lynetts ausgestreckten Arm.

Lynett stieß einen gedämpften Freudenschrei aus, und dann legte sie die Wange an die weiche Brust des Vogels und ließ den Tränen freien Lauf.

Sie fragte sich, ob Jeanne wohl noch immer sprechen konnte. Jeanne sagte nichts, doch die schluchzende Lynett meinte, leise, schnalzende Laute zu vernehmen, als ob sie sagen wollte: »Na, na, na ...«

Ein leises Geräusch veranlaßte sie aufzusehen. Vor ihr stand Merlin.

»Ihr!« rief sie aus. »Ihr schon wieder – Ihr müßt aber auch immer im unpassendsten Moment auftauchen.«

»Ja«, sagte er gelassen. »Ihr weint nicht oft.«

»Nein, ich weine *wirklich* nicht oft.«

»Dann solltet Ihr auch jetzt nicht weinen. Ihr seid eine erwachsene Frau und Eurer Bestimmung einen Schritt näher gelangt.«

»Was Ihr da redet!« meinte sie unwirsch.

»Es gibt keinen Grund, unhöflich oder gereizt oder kindisch zu sein. Ihr seid erwachsen. Ihr solltet eigentlich wissen, daß es im Leben nicht darum geht, glücklich zu werden, sondern seine Bestimmung zu erfüllen.«

»Meine Bestimmung!« höhnte sie und hob ihr gerötetes, tränenüberströmtes Gesicht. »Was habe ich schon für eine Bestimmung – weder Weib noch Jungfer noch Witwe? Sagt es mir.«

»Die Frage ist nicht einfach zu beantworten.« Er schritt den Vogelstall der Länge nach ab, dann machte er wieder kehrt und sagte: »Ich glaube, Ihr seid ein Gefäß – eine Überbringerin.«

»Eine Überbringerin wovon? Von Kindern?« rief sie voller Bitterkeit aus.

»Nein, nein, von Kindern wohl nicht. Danach steht Euch nicht der Sinn – dazu habt Ihr zu wenig Muttermilch eingesogen. Nein, es gibt noch anderes zu überbringen.«

»Wie wäre es mit Bagdemagus' Kopf?« platzte sie heraus.

Er wandte sich zu ihr um und betrachtete sie betrübt.

»Dann denkt Ihr also immer noch daran?«

»Ihr habt es mir versprochen!« rief sie.

»Niemals. Ich habe Euch wieder Hoffnung gemacht, um Euch vor der Selbstzerstörung zu bewahren. Doch es gibt bessere Bürden als die Rache. Bessere Dinge, um sich damit zu belasten.«

»Zum Beispiel?«

»Ich will versuchen, es Euch zu erklären«, sagte er. »Ich glaube, dann werdet Ihr mich verstehen.«

Er geleitete sie zu einem Schemel und drückte sie darauf nieder, nahm ihr Jeanne wortlos von der Schulter und setzte sie wieder auf die Stange – der große Falke ließ sich von ihm bereitwillig tragen, ganz so, als kenne er Merlin. Dann nahm dieser das Schmuckstück ab, das er um den Hals trug. Es war eine Glaskugel von der Größe eines Hühnereis, voll seltsamer farbiger Schlieren, die im Kristall durcheinanderwogten. Er legte ihr die Kugel auf die flache Hand und forderte sie auf, unverwandt hineinzublicken; sodann legte er ihr die Rechte sachte aufs Haupt.

Zunächst machte sie bloß das Spiegelbild des Fensters aus; dann sah sie lange Zeit gar nichts. Schließlich aber formte sich ein Bild. Ein halb durchsichtiger Vorhang und dahinter ein Licht, vor dem sich ein Schatten abhob. Ein Becher, eine Art Abendmahlskelch. Hinter dem Vorhang waren viele Leute – sie vernahm Stimmen und Kleiderrascheln, jedoch nur undeutlich – obendrein sangen sie. Sie hatte den Eindruck, von dem nur verschwommen erkennbaren Kelch ginge etwas auf sie über – eine Art machtvoller Heiligkeit. Die Heiligkeit des Gottesdienstes, wie sie ihn kannte – doch das war noch nicht alles. Dies war der Kelch der Kelche. Bei der Messe mußte sie sich anstrengen, sich bemühen, um die Gnade der Gegenwart Gottes zu erfahren – wenn sie aber diesem Kelche nahe wäre, ohne Vorhang, dann würde alles klar und einsichtig – ohne Anstrengung, ohne Zweifel, ohne jede Ablenkung. Die allumfassende Güte, die Allheiligkeit, die Allgnade, die Allschönheit – dies alles wäre ihr zugänglich. Und die Menschen, die hinter dem Vorhang bei diesem heiligen Gegenstand waren, sangen leise, Tag und Nacht und bis in alle Ewigkeit, und bewegten sich in ihrer Seligkeit ebenso sachte wie die Sterne ...

Dann veränderte sich das Bild, und sie erblickte eine Frauengestalt, die aus einer Tür trat, wohl an einem anderen Ort, und in Händen hielt sie den heiligen Gral, jedoch bedeckt mit einem weißen Tuch. Sie trat langsam vor, den Blick auf den Kelch gerichtet, und dann hob sie einen Augenblick lang den Kopf, und Lynett schaute in ihr eigenes Gesicht.

Sie schrie überrascht auf, doch da hatte sich die Vision auch schon wieder verflüchtigt; Merlin legte die Hand auf die Kristallkugel und nahm sie ihr behutsam ab. Offenbar war ihm bekannt, was sie erblickt hatte.

»Das ist nichts für mich«, sagte sie mit bebender Stimme. »Das ist zu heilig für mich.«

»Aber Ihr seid nicht zu unheilig für Ihn«, erwiderte Merlin ruhig.

»Diese Aufgabe ist ... einer Jungfrau vorbehalten – einer tugendhaften Frau.« Lynett blickte Merlin zornig an. »Ich habe meine Tugend verloren, wie Ihr wißt.«

»Mein Kind«, sagte er und legte sich die Kristallkugel ganz gelassen wieder um den Hals, »man scheint Euch gelehrt zu haben, es gäbe bloß eine Art von Tugend, zumindest für eine Frau, und dies sei die der Keuschheit. Oder der Jungfräulichkeit, was nicht unbedingt dasselbe ist. Glaubt mir, es gibt noch andere Tugenden. Zum Beispiel die der Nächstenliebe – und Nächstenliebe bedeutet Verzeihen.«

»Verzeihen!« rief sie aus. »Ständig redet Ihr von verzeihen.«

»Nun, ja«, räumte er ein, »das mag schon sein. Aber jeder, welcher die christlichen Gebete spricht, führt ständig das Wort Verzeihen im Mund. Manche Leute meinen, ich sei kein Christenmensch – einige behaupten gar, ich sei der Sohn des Teufels. Doch wie dem auch sei, ich kenne jenes Gebet, und ich weiß, was es bedeutet. Und dies solltet auch Ihr wissen.«

Sie ließ den Kopf hängen und blickte schweigend auf ihre leeren Hände nieder.

»Die Tugend der Nächstenliebe geht mir ab, fürchte ich.«

»Dann müßt Ihr sie erlernen.«

»Aber wie?«

»Das wird sich zeigen. Aber es ist ganz einfach: Es gibt Arbeit für Euch.«

Sie dachte an die verschleierte Gestalt.

»Soll in nun Nonne werden? Ach, nein – ich kann mir nicht für den Rest des Lebens den Kopf bedecken!« Und sie fuhr sich mit den Fingern durchs lange schwarze Haar.

Er lachte. »Ein gute Begründung, weshalb Ihr nicht fürs Kloster bestimmt seid! Nein, mein Mädchen, Ihr sollt Euch nicht für den Rest Eures Lebens den Kopf bedecken. Vielleicht werdet Ihr statt des Schleiers ja eine Kapuze, einen Leder- oder sogar einen Metallhelm tragen. Ihr sollt König Artus' Botin sein und die Verbindung zu seinen Rittern herstellen. Und nun kommt, der König ist bereits auf dem Weg hierher. Ich möchte ihm seine neue Botin vorstellen.«

Mit einem Mal dachte sie voller Sehnsucht ans grasbedeckte Hügelland und an den Wald, an die Straße, der sie zu Pferd oder zu Fuß folgte, so unbeschwert und kühn wie damals, als sie Gareth zu Hilfe geholt hatte – ja, im Moment konnte sie ohne Schmerz an Gareth denken.

»Außerdem könnt Ihr auf diese Weise das Gesicht wahren«, sagte Merlin. »Wenn Ihr Euch sputet, seid Ihr unterwegs, bevor die Burg erwacht, und dann merkt niemand, daß Ihr allein gegangen seid. Man wird glauben, Ihr wärt zusammen mit Eurem Gemahl verschwunden.«

Daraufhin zog sie eine Grimasse – sie konnte sogar wieder lächeln. Das Leben war beinahe wieder lebenswert.

An der Stalltür waren Schritte zu vernehmen, dann trat der König ein. Merlin ging ihm entgegen, um ihn zu begrüßen, und sie unterhielten sich eine Weile; dann näherten sie sich bedächtigen Schritts Lynett.

Er war – der König. Ein besseres Wort gab es nicht. Trotz seiner Jugend hatte er etwas Befehlendes an sich, und man spürte die Anziehungskraft der Macht. Er bewegte sich mit anstrengungsloser Anmut, die ihm eine alterslose Würde verlieh; seine grauen Augen und festen Lippen kündeten von Stärke und Autorität, aber auch Milde. Lynett verspürte einen leichten Stich. Ihr Vater, der sie in mancherlei Fertigkeiten unterwiesen und sie gelehrt hatte, sich nicht zu fürchten; die Helden ihrer romantischen Träume; sogar der elende Bagdemagus, so wie er ihr zunächst erschienen war; und etwas von ihrem geliebten Gareth – der Anführer, der imstande war, sie zu fordern, auf daß sie sich entwickelte, zu mehr als einer Frau, nämlich zu einem vollständigen Menschen, einem »Mann« – all dies war der König. Sie sank vor ihm auf die Knie nieder.

»Majestät«, sagte sie, »macht mich zu Eurem Kurier. Gebt mir einen Auftrag.«

Er legte ihr die Hand auf die Schulter, und sie erschauerte von seiner Berührung.

»Ihr meint, ich könne sie nicht zum Ritter schlagen, Merlin? Mag sein – aber ich tu's trotzdem. Lady« – er hob die Hand ein wenig von ihrer Schulter und senkte sie wieder –, »hiermit schlage ich Euch zum Ritter des Königs.«

Sprachlos hob sie die verschränkten Hände und legte sie in seine. Merlin sprach ihr vor.

»Ich gelobe, dem König mit Leib und Leben zu dienen, in seinem und in Gottes Dienst zu leben und zu sterben, im Namen des Vaters, des Sohnes und des Heiligen Geistes.«

... Langsam folgten sie dem König über die Gänge zu einem kleinen, abgeschiedenen Raum, wo das Licht aus den Hornfenstern auf prächtige Wandbehänge und Holzschnitzereien fiel.

»Mein Kurier muß essen und trinken«, bemerkte der König und achtete darauf, daß sie ordentlich zulangte ... »Und nun, Merlin«, sagte er anschließend, »die *Mappa.*«

Merlin nahm sie aus einer Truhe, legte sie auf den Tisch und faltete sie auseinander. Dergleichen hatte Lynett noch nie gesehen – unter einer *Mappa* verstand sie eine Serviette oder ein leinenes Tischtuch, wie sie von den reichen und feinen Leuten bisweilen verwendet wurden. Dies hier aber war ein bemaltes großes Tischtuch, auf dem wohl die Ländereien des Königs dargestellt waren, einschließlich der Flüsse, Wälder, Hügel, Straßen und Burgen. Hier und da waren kleine Menschlein aufgemalt, wilde Tiere spähten aus dem Wald hervor, und fremdartige, fürchterliche Ungeheuer hockten auf Hügelkuppen. Und neben jeden Ort war ein Name geschrieben. Sie machte große Augen und hätte die *Mappa* wohl ausgiebig studiert und bewundert; der König aber kam sogleich zur Sache.

»Seht her – dies ist die große Straße, welche die Römer erbaut haben. Am Wegesrand liegen verschiedene Burgen, und in jeder dieser Burgen lebt ein Ritter, der mir Gefolgschaft gelobt hat. Ich möchte, daß Ihr jeden einzelnen von ihnen aufsucht und ihn bittet, sich in zwei Jahren zum Pfingstfest hier bei mir einzufinden. O ja, wir werden ein Turnier veranstalten, ein prächtiges Turnier – und ich möchte, daß sie herkommen und mir Gefolgschaft geloben. Für einige habe ich auch spezielle Botschaften – manche haben ein Lob verdient, von einigen will ich etwas wissen und den einen oder anderen tadeln. Ich werde Euch in Kürze alles Nötige sagen – die Namen jedes einzelnen und was Ihr ihnen ausrichten sollt. Aber Ihr seid in jedem Fall ein Friedensbote. Deshalb schicke ich auch eine Dame – Ihr werdet gehen, und Eures Vaters Zwerg Dagobert wird Euch begleiten, der hier bei uns ist.«

Er wandte sich recht brüsk von der *Mappa* ab.

»Habt Ihr ein Pferd?«

»Ich – ja, Majestät, ich habe eines – bloß den Zelter, mit dem ich hergekommen bin, ein Damenreitpferd – aber ...« Sie holte tief Luft und redete impulsiv weiter. »Majestät – ich hätte gern eines *Eurer* Pferde, ein solches, wie sie auch die Ritter reiten.«

Der König lachte auf und warf den Kopf zurück.

»Oh, Merlin, Ihr habt mir ja gesagt, sie sei eine kühne Lady! – Meine liebe Frau, wißt Ihr, was Ihr da verlangt? Meine großen Pferde, die auch von den Rittern geritten werden – meine Rappen – nun, das sind wahre Ungeheuer! Vier Handbreit größer als Eure britischen Pferde. Sie stammen von den Pferden der Römer ab – sie sind rabenschwarz und so feurig wie der Teufel. Bittet Ihr mich wirklich um ein solches Pferd? Das vier Handbreit größer ist als ein gewöhnliches?«

Sie blickte ihn unerschrocken an.

»Brutus, der meinem Vater gehörte, war auch nicht kleiner, und ich bin gleichwohl mit ihm zurechtgekommen. Gewährt mir einen Versuch, Majestät!«

Abermals lachte er. »Ach, kühne Lady – wir werden sehen. Schaut her – diese Burg und diese und diese hier sollt Ihr besuchen. Und so reitet Ihr nach Norden. Und die letzte Burg, um deren Besuch ich Euch bitte, liegt ganz in der Nähe des Walls – sie gehört König Bagdemagus.«

Lynett fuhr zusammen und erbleichte – sie sah Melin an, dann riß sie den Blick von ihm los und rang um Fassung.

»*König* Bagdemagus?« fragte sie, sorgsam darauf bedacht, sich ihre Erregung nicht anmerken zu lassen. »Wie kommt es, daß Ihr ihn König nennt?«

»Oh, er selbst nennt sich jetzt König! Er hat sich von mir losgesagt und sein eigenes Königreich ausgerufen, das er mit seinen Kriegern bewacht – ein Reich der Gewalt und Grausamkeit, wo allein das Faustrecht gilt. Ihr sollt ihm meine Aufforderung überbringen, sich mir und der Herrschaft von Gott und Gesetz zu unterwerfen.«

»Verzeiht, Majestät«, sagte sie mit noch immer leicht schwankender Stimme, »aber braucht es für diesen Auftrag nicht eher eine Gruppe bewaffneter Ritter?«

»Nein, Lady, das braucht es nicht. Zumindest jetzt noch nicht. Ich lasse ihm ein Friedensangebot überbringen, als ersten Schritt. Wohl wahr, die bewaffneten Krieger mögen später nachfolgen. Zunächst aber biete ich ihm nicht Krieg, sondern Frieden an, er braucht bloß darauf einzugehen. Außerdem sind einige seiner Männer besser als er und waren dereinst meine Vasallen – ich möchte sie gern zurückgewinnen. Richtet ihnen aus, ich wolle sie willkommen heißen und ihnen alles verzeihen. Die Friedensbotschaft muß von einer Dame überbracht werden. Fürchtet Ihr diesen Mann?«

Ja, ich fürchte ihn, dachte sie, Gott ist mein Zeuge. Doch ich darf es nicht zeigen. Laut sagte sie: »Nein, Majestät, ich fürchte ihn nicht.«

»Schön, schön. Für den Fall, daß es Ärger gibt, werden Euch meine Ritter in kurzem Abstand, jedoch außer Sichtweite, nachfolgen. Ich weiß, Ihr werdet mit diesem Bagdemagus fertigwerden. Entweder Ihr überbringt mir seine Unterwerfung, oder« – er wandte sich lächelnd an Merlin, als mache er einen Scherz – »seinen Kopf.«

7

Wie Lynett zur Burg Hardy gelangte

Als sie die hoch aufragenden, häßlichen Befestigungen der Burg Hardy erblickte, verharrte sie einen Moment reglos auf ihrem großen Rappen. Die Burg lag am Rande der gewundenen Straße auf dem Ausläufer eines kahlen, abweisenden Hügels – sie hatte unterwegs viele Burgen gesehen, doch fast alle waren beflaggt gewesen und hatten einen prächtigen, einladenden Eindruck gemacht – ganz anders als diese.

Dagobert auf seinem hinterdreinzottelnden Esel zog die Zügel stramm und reichte ihr einen eigenartigen Gegenstand, den er am Sattelknauf befestigt hatte und der sich als kegelförmig zulaufender Kopfschmuck erwies – es war ein Hennin aus schwarzem Atlas, mit einem wehenden weißen Schleier und einem weißen Halstuch, das unter dem Kinn geschlossen wurde und so der Kopfbedeckung Halt verlieh. Lynett nahm ihre Lederkappe ab und setzte behutsam den Hennin auf. Sie war mit ledernen Kniehosen und einem Wams bekleidet, trug darüber aber noch einen Mantel aus prachtvollem schwarzem Samt, gerafft in der Hüfte und weit auslaufend. Gleich ob Lederkappe oder Hennin, das lange schwarze Haar fiel ihr jedenfalls lose über die Schultern. Der König hatte darauf bestanden, daß sie den Mantel anlegte, das Haar offen trug und den Hennin aufsetzte, wenn sie sich einer Burg näherte. Ihr wäre ein knabenhafter Aufzug lieber gewesen, der König aber legte Wert darauf, daß sie jederzeit als Frau kenntlich war. Sie hing noch immer der Überzeugung an, sie sei häßlich, und unternahm nichts, um daran etwas zu ändern – auch beharrte sie weiterhin darauf, sich das Haar einfach aus dem Gesicht zu streifen und düstere, schlichte Farben zu tragen. Die Damen der Burgen, die sie besuchte, boten ihr bisweilen hübschere Kleider an und versuchten sie dazu zu bewegen, sich das Haar zu frisieren, sie aber weigerte sich jedesmal. Gleichwohl hätte jeder, der Augen im Kopf hatte, die seltsam eindringliche Schönheit ihres elfenbeinfarbenen Gesichts, der zarten, sonnengebräunten Haut und der tiefliegenden braunen Augen wahrnehmen können.

Allein war sie nicht – vier Ritter, vier Knappen und vier Bewaffnete begleiteten sie, zwölf Mann insgesamt – dreizehn, zählte man sie selbst hinzu, eine geheiligte Zahl und ein gutes Vorzeichen, solange die dreizehnte Person eine Frau war. Mit dem alten Dagobert waren sie vierzehn, doch der zählte ebensowenig wie Jeanne, die stets auf dem Arm ihrer Herrin mitritt. Die vier Ritter – Sir Parzival, Sir Gwalchmei, Sir Lanzelot und Sir Bors –, glaubten felsenfest, »der Falke«, denn so nannten sie nicht nur Jeanne, sondern auch Lynett, bringe ihnen Glück.

Seit mehr als zwei Jahren waren sie nun schon miteinander unterwegs und hatten Britannien vom Süden bis zum Norden durchquert. Gelangten sie zu einer Artus bekanntermaßen freundlich gesinnten Burg, dann näherten sie sich ihr in geschlossener Formation; bestanden jedoch Zweifel, so ritt Lynett auf Artus‘ ausdrücklichen Wunsch allein voran, lediglich gefolgt von Dagobert auf seinem Esel, und stellte sich als alleinreisende Dame vor, die in friedlicher Absicht komme und um freundliche Aufnahme bitte. War der Empfang unfreundlich, so folgten ihr alsbald die Ritter nach. Sie alle waren im Besitz von König Artus' geheimer Losung, und ihr Lager wurde vor allen, denen diese unbekannt war, stets gut bewacht.

Unterwegs hatten sie zahllose Abenteuer bestanden. Einmal waren sie gezwungen gewesen, in der Hütte einer Hexe Zuflucht zu suchen, die daraufhin versuchte, sie zu vergiften – mit ihrem empfindlichen Geruchssinn aber entdeckte Lynett das Gift in der Suppe der Hexe gerade noch rechtzeitig. Lynett hinderte die Ritter und die anderen Männer daran, die Hexe auf der Stelle aufzuknüpfen – statt dessen hielt Lynett ihr eine so heftige Standpauke, daß die Männer beinahe Mitleid mir ihr hatten.

Ein andermal wurden sie von einer Bande von Waldräubern überfallen, welche Lynett verschleppten. Nach einer Woche machte ihre besorgte Eskorte den Unterschlupf der Räuber ausfindig, eine langgestreckte Hütte, umgeben von einem Labyrinth aus Dornbüschen – und fiel über sie her, bloß um festzustellen, daß Lynett gerade den Räuberanführer behandelte, der sich den Arm gebrochen hatte und an Fieber litt. Diesmal bekamen ihre eigenen Leute ihre spitze Zunge zu fühlen, denn sie hatte den Räuberanführer gerade dazu bewegen wollen, die Medizin einzunehmen, die sie für ihn bereitet hatte. Natürlich war sie froh, ihre Ritter wiederzusehen und von ihnen gerettet zu werden – gleichwohl aber sah sie sich veranlaßt, ihnen ordentlich Bescheid zu geben ...

Ihre spezielle Art von Beredsamkeit sprach sich allmählich herum. Sie stellte fest, daß sich dies auszahlte.

8

Wie Lynett erneut mit Bagdemagus zusammentraf

Und nun befand sie sich endlich in Sichtweite der Burg Hardy – in Kürze würde sie Bagdemagus wiederbegegnen. Dem Mann, der ihr die Jungfräulichkeit geraubt hatte. Dem Mann, der sie tief enttäuscht und ernüchtert, der ihre Ideale vernichtet, ihren Träumen und ihrem Stolz einen grausamen Schlag versetzt hatte – dem einzigen Mann, der wußte, daß sie keine Jungfrau mehr war.

In all den Monaten, da sie immer weiter nach Norden geritten war, hatte sie die helle Flamme der Empörung und Wut in sich genährt; nun aber empfand sie weniger Furcht, als vielmehr Verlegenheit. Nein, sie würde ihm nicht in Gegenwart der vier Ritter entgegentreten, die sie respektierten. Sie würde sich ihm zunächst alleine nähern, als Friedensbotin, wie sie es auch sonst immer tat, und die Ritter würden nachkommen, diesmal jedoch nicht allzu bald. Und so wies sie die Ritter an, ihr erst dann zu folgen, wenn sie Dagobert zu ihnen zurückschickte. Die Ritter erhoben Einwände und meinten, es sei viel zu gefährlich für sie allein, Lynett aber setzte ihren Kopf durch.

Und nun stand sie vor der Zugbrücke, und Dagobert blies in sein Horn.

»Wer ist da?«

»Eine Dame mit einer Botschaft.«

Der übliche Wortwechsel, und als nächstes sollte es heißen: »Tretet ein und seid willkommen, schöne Frau.« Diesmal aber vernahm sie bloß ein niederträchtiges Lachen.

»Wir reiten nicht hinein«, sagte sie zu Dagobert, doch es war bereits zu spät. Schmutzig gekleidete Bewaffnete, bärtig und verwahrlost, schleppten sie mit Gewalt durch das knarrende Tor aus mächtigen Balken und trieben sie, umringt von Gaffern, den ansteigenden, von hohen Erdwällen gesäumten gewundenen Pfad hinan zu einem aus Baumstämmen errichteten Gebäude; hier zogen sie Lynett vom Pferd und zerrten sie durch die Tür.

Das Innere des Gebäudes war unbeschreiblich schmutzig – Lynett war mittlerweile mit der Not und Kargheit der weniger wohlhabenden Burgen ebenso vertraut wie mit der Pracht der vom Schicksal begünstigten –, noch nie aber hatte sie eine Burg wie diese gesehen. Der Gestank verursachte ihr Übelkeit. Alles zeugte von Verwahrlosung und Nachlässigkeit, es ging drunter und drüber, und überall lag Unrat herum. Die Halle legte Zeugnis ab von ausschweifenden Festen, die Nacht auf Nacht aufeinanderfolgten und nach denen niemals aufgeräumt wurde, wie es schien. Die einstmals prachtvollen Wandbehänge waren zerrissen und mit Wein und Fett bespritzt – auf den langen Tischen standen Silberbecher, doch diese waren ausnahmlos zerbeult und zerschrammt. Anstelle der Kochstelle mit Kamin, wie sie allgemein üblich war, gab es ein offenes Feuer mit einem Rauchabzug darüber. Der Qualm wurde von dem Unrat verdickt, der ins Feuer geworfen wurde. Und die Gesellschaft war dementsprechend. Derlei Gesellen hätte man bei angelsächsischen Barbaren erwartet, dies aber waren Briten, und viele von ihnen trugen den Ritterschmuck. In Lynetts Augen jedoch waren die Männer, die sie umdrängten und umherschubsten, nichts weiter als eine Bande von Rüpeln. Frauen waren keine zugegen, nicht einmal Dienstmägde, doch an der hohen Tafel saßen ein paar halbwüchsige Jünglinge mit langem Haar und bemalten Gesichtern, herausgeputzt mit Satin und allerlei Flitterkram, welche ein schrilles Kichern vernehmen ließen.

Und da saß er nun am Kopfende der Tafel – Bagdemagus persönlich, der Mann, um dessenwillen sie hierher gekommen war. In der Zwischenzeit war er stark gealtert – er war dicker und schwammiger geworden, die Haut fleckig und gerötet, die Wangen erschlafft, die Augen blutunterlaufen, seine einstmals hagere Gestalt aufgedunsen. Als Lynett ihn musterte, empfand sie – nein, kein Mitleid, sondern eine Art unpersönliches Bedauern darüber, daß da etwas Wertvolles vor die Hunde ging. Dann auf einmal wallte der alte Groll in ihr auf und verlieh ihr den Mut, sich über das ungehobelte Benehmen ihrer Eskorte hinwegzusetzen.

»Hände weg!« fauchte sie, worauf die Männer überrascht gehorchten und um sie herum einen Freiraum ließen. Dagobert stand zwei Schritte hinter ihr, und Jeanne, die wie üblich keine Haube trug, saß drohend auf ihrem Arm. Als sie sich Bagdemagus zuwandte, der auf dem Podium saß, war sie einigermaßen sicher, daß er sie nicht erkannt hatte.

»Verehrter Lord Bagdemagus«, hob sie mit ihrer klaren, durchdringenden Stimme zu sprechen an, »König Artus, der wahre Herrscher ganz Britanniens, schickt mich als Friedensbotin und hat mir aufgetragen, folgendes zu verkünden ...« Worauf sie das Pergament entrollte, das sie in ihrem Bündel bei sich trug, und es verlas.

Bagdemagus, so unverschämt und dreist wie eh und je, blickte mit mißbilligend gerunzelter Stirn auf sie herab und wartete bloß darauf, daß sie zum Ende kam; seine groben Gesellen nahmen derweil teils eine drohende, feindselige, teils eine gelangweilte Haltung ein. Lynett aber las unbeirrt weiter, ohne das Gemurmel und die gehässigen Bemerkungen zu beachten.

»Das beste an der Frau«, hörte sie jemanden sagen, »ist der große Falke. Den schnappen wir uns.«

»Ja, den schnappen wir uns«, pflichtete ihm sein Kamerad bei.

Während sie vorlas, nahm Lynett das Pergament unauffällig in die Linke und löste mit der Rechten Jeannes Fußfessel, damit diese ungehindert davonfliegen konnte. Nein, Jeanne sollten sie nicht bekommen.

In seiner Botschaft rief König Artus Bagdemagus dazu auf, sich pflichtschuldig seiner Herrschaft und dem Gesetz Britanniens zu unterwerfen und zu diesem Zweck am kommenden Pfingstfest in Camelot vor den König zu treten und ihm zu huldigen, wenn er seines Lebens und seiner Ehre nicht verlustig gehen wolle. Des weiteren forderte er sämtliche Ritter, welche vormals Vasallen des Königs gewesen waren, dazu auf, ihren alten Bund mit dem König zu erneuern, und sicherte ihnen für diesen Fall Straffreiheit und Vergebung zu.

»Und zum Zeichen, daß wir weder Gewalt noch Zwang auszuüben gedenken«, hieß es weiterhin, »lassen wir diese Botschaft von unserer Friedensbotin überbringen, unserer getreuen Dienerin, die Ihr mit allen Ehren empfangen mögt. Denn seid versichert, daß unser nächster Bote nicht so friedlich sein wird, wenn Ihr mir zuwiderhandelt oder es an Ehrerbietung fehlen laßt.«

Sie war am Ende angelangt, und als hätten sich alle bis zu diesem Moment zurückgehalten, brach nun eine Woge von Spott donnernd über sie herein. Sie preßte die Lippen zusammen, verdrehte die Augen, ballte die Fäuste. Und Bagdemagus war der Lauteste von allen.

»Euer König Artus! Wir spucken auf König Artus! Ich soll mich unterwerfen? Ich will ihn im Höllenfeuer schmoren sehen. Jungs, was fangen wir mit König Artus an? Und was machen wir mit seiner reizenden Botin?«

Ein Rufer aus dem Saal beantwortete die Frage auf rüdeste Weise. Lynett lief rot an, dann wurde sie kalkweiß vor Wut. Sie sprang die Stufen zum Podium hinauf.

»Hört mich an, Ihr Männer!« überschrie sie den Tumult. »Hört Euch an, was ich über diesen Mann, Euren Anführer, zu sagen habe. Wohl wahr, er weiß noch nicht, wer ich bin, bald aber wird er es wissen – o ja, schon bald. Hört mir zu, Ihr Ritter. Dieser Mann ist ein Betrüger und ein Verräter. Mir hat er Gewalt angetan, als ich noch Jungfrau war, gerade dreizehn Jahre alt, und er Gast in meines Vaters Haus. Mit grausamer Hinterlist – nicht durch Verführung, bedenkt es wohl, sondern indem er sich meine Unerfahrenheit zunutze machte –, während ich ihm vertraute wie meinem Vater. Ach, Ihr Männer und Ritter, nicht einmal der hartgesottenste unter Euch würde sich an einem unmündigen Kind vergehen, das dem Gast ihres Vaters vertraut. Er raubte mir nicht bloß die Unschuld des Leibes, sondern auch die der Seele, das Vertrauen und die Zuversicht meines Herzens …«

Bagdemagus hatte sich entsetzt erhoben; er hatte sie

erkannt, und seine Männer wichen ein wenig vor ihm zurück, tauschten halblaut Bemerkungen aus, einen Moment lang schwankend geworden, voller Mitgefühl für Lynett. Hätte sie sich damit begnügt, hätten sie sich womöglich auf ihre Seite geschlagen, doch es ritt sie der Teufel, so daß sie ihr Blatt überreizte. Sie fuhr fort:

»Erröte ich etwa? Er, dessen unverfrorene Züge sich niemals verfärbten, sollte jetzt vor Scham erröten. Soll das ein Ritter, ein Edelmann, ein Paladin, ein König sein?«

Und so redete sie in einem fort weiter. Sie erwärmte sich immer mehr für das Thema und ließ sich breit und ausführlich darüber aus. Sie hielt eine flammende Strafpredigt. Die Stimmung kippte erneut, und die Männer drängten vor. Bagdemagus schlug sich die Hände über die Ohren und rief: »Stopft der Schlampe das lose Mundwerk!«

Und ein anderer schrie: »Auf den Tauchstuhl mit ihr!«

»Ein richtiger Zankteufel!« rief ein dritter.

»Steckt ihr eine Trense ins Maul!«

Und die Menge drängte ihr entgegen.

Dagobert warf sich dazwischen.

»Meine Herren, meine Herren«, rief er, »nehmt Rücksicht auf meine Herrin ...«

Zu Lynetts Entsetzen hob jemand eine schwere Keule empor und ließ sie auf den Kopf des alten Mannes niederkrachen. Er brach zusammen und geriet unter die Füße der Männer. Lynett stand einen Moment da wie erstarrt. Dann schüttelte sie Jeanne behutsam vom Handgelenk los – der große Vogel hob ab, flatterte über den Köpfen der Menge umher und schwang sich durch den Rauchabzug empor. Ein Pfeil schwirrte, und Lynett schrie auf, als eine Feder herabfiel. Ob Jeanne getroffen war, konnte sie nicht erkennen. Sie stellte sich den Männern und wehrte sich nach Kräften, doch man hielt ihr die Arme fest und zerrte sie fort – durch kahle, düstere Gänge – Treppen hinauf – bis in eine kleine, leere Kammer, weit oben gelegen, kalt, einsam und ohne Hoffnung.

9

Wie Bagdemagus mit Lynett verfuhr

Du bist es also«, sagte Bagdemagus beim Eintreten. »Das hätte ich mir denken können.«

Ein Tag war seit Lynetts Gefangennahme verstrichen. Ihr Kerker war kein Verlies, sondern eine Kammer, hoch über den Dächern der Burg gelegen und im großen und ganzen trocken und nicht allzu kalt, ausgestattet mit einem Bett und anderen Annehmlichkeiten sowie einem Fenster, so daß sie sich Gedanken machen konnte, wie die Flucht zu bewerkstelligen sei. Ein alter, vermutlicher tauber Bediensteter hatte ihr Brot, Fleisch und ein wenig Ale gebracht. Alles in allem waren die Umstände ihrer Gefangenschaft keineswegs barbarisch, sondern bloß tödlich langweilig. Allerdings mußte sie mit dem Schlimmsten rechnen. Der arme, alte Dagobert war unbarmherzig ermordet worden, und auch Jeanne war wahrscheinlich tot. Was konnte sie da für sich erwarten?

Sie blickte Bagdemagus entgegen, blieb aber aufrecht und steif auf der Bettkante sitzen.

»Ja, ich bin's«, sagte sie. »Und jetzt haben Eure Männer meinen Diener ermordet und mich hier eingesperrt, obwohl Ihr der Botin des Königs eigentlich Respekt schuldig wärt.«

»Botin des Königs, so ein Quatsch! Aber ja, du bist es,

Robin, mein Junge. Dreist genug für diese und jede andere Aufgabe. Komm her und gib mir einen Kuß.« Er zog sie auf die Beine und drückte sie an sich – sie wehrte sich haßerfüllt. Er hielt sie einen Moment fest, dann schleuderte er sie von sich.

»Nein – nein, du bist nicht hübsch. Du hast dich nicht gut gehalten. Die Haut ist spröde geworden, das Haar ist verfilzt, und du bist klapperdürr. Ich will dich nicht.«

»Niemand hat Euch gefragt«, entgegnete sie heftig. »Und wo wir gerade dabei sind, mein Herr, auch Ihr habt Euch nicht sonderlich gut gehalten. Eure Haut ist ganz rauh – schaut Euch nur mal an! Außerdem habt Ihr eine rote Nase – und was die Figur angeht, so wird Euch gewiß niemand mager schimpfen – Ihr seid fett, möchte ich meinen.«

Er lachte verärgert. »Du wagst es! So dreist wie eh und je. Ein kühner Zankteufel, das bist du. Aber nur keine Angst, deinen häßlichen Körper will ich nicht. Ich habe trotzdem Verwendung für euch alle.«

Er wandte sich zur Tür um und stieß einen Pfiff aus. Ein Mann mit einer Lederschürze trat ein, in Händen einen Beutel mit Metallgerätschaften.

»Du weißt ein paar Dinge, die auch ich gern wüßte. Wie lautet zum Beispiel – König Artus‘ geheime Losung?«

Sie wurde von blankem Entsetzen gepackt. Das war‘s. Dies war die Bewährungsprobe. Folter.

»Nein«, sagte sie, ganz blaß geworden.

»Nein? Ich glaube, du meinst ja. Wir könnten dir so manches antun, ich und mein Freund, und das wäre weit weniger angenehm als das, was ich unter der Buche mit dir angestellt habe. Ich glaube, dann wirst du schon reden.«

»Nein.«

»Also gut, dann fangen wir mit den Daumenschrauben an. Nimm dir erst mal eine Hand vor. Bloß ein Vorgeschmack ...«

Die Schmerzen waren fürchterlich. Sie schrie aus vollem Halse, sie konnte nicht anders. Die Schmerzen hörten auf – und dann setzten sie wieder ein. Bei der dritten Berührung wurde sie ohnmächtig, doch dann stieg ihr ein kräftiger, aromatischer Geruch in die Nase, und Bagdemagus sagte: »So leicht kommst du mir nicht davon.«

Sie würde den Verstand verlieren, das wußte sie genau. Sie würde wahnsinnig werden vor Schmerzen, und sie würde ihnen alles sagen, alles ... Da fing es wieder an ... Plötzlich faßte sie einen verzweifelten Plan. Wenn sie ihm etwas vormachte – ihm etwas sagte, das er für die geheime Losung halten und das seine Männer ausprobieren würden ... und wenn es ihr gelänge, eine Warnung darin zu verstecken, so daß man ihr zu Hilfe käme ...

Sie schlug die Augen auf und leckte sich über die Lippen.

»Ich sag's. Wenn Ihr aufhört, sage ich's Euch.«

»Braves Mädchen!« meinte er. »Ich hab's doch gewußt. Also schön, Sarkos – nimm ihr die Daumenschraube ab. Ich höre?«

»Die Losung lautet: ›Die Falkenfeder ruft‹.«

»Die Falkenfeder ruft«, wiederholte er. »Stimmt das auch? Kannst du das beschwören?«

»Ja, ich schwöre.«

»Sieh mir in die Augen.«

Sie gehorchte, und der Haß in ihren Augen verbarg jedes noch so winzige Zögern.

»Schwörst du bei deinem Seelenheil?«

»Ich schwöre.« (Ach Gott, ach Gott, dachte sie, Du

wirst mir doch gewiß vergeben – ich hab's unter Zwang getan – ach, Du weißt, daß ich unter Zwang geschworen habe.)

»Und jetzt sprich mir nach: Entspricht dies nicht der Wahrheit ...«

»Entspricht dies nicht der Wahrheit ...«

»Soll das, was ich am meisten fürchte ...«

»Soll das, was ich am meisten fürchte ...«

»Über mich hereinbrechen ...«

»Über mich hereinbrechen ...«

»Und die Bösen Geister, die mir folgen ...«

(Woher hatte er das denn nun schon wieder? Trotzdem mußte sie fortfahren – und wenn ihre Stimme schwankte, so lag es bloß am Schmerz im Daumen ...)

»Und die Bösen Geister, die mir folgen ...«

»Sollen mich in Besitz nehmen und mir Herz und Seele rauben ...«

»Sollen mich in Besitz nehmen und mir Herz und Seele rauben ...«

»Amen.«

»Amen.«

Sie ließ den Atem langsam entweichen, brach zusammen und blieb mit dem Gesicht nach unten liegen.

»Laßt Ihr mich jetzt gehen?«

»Dich gehenlassen? Aber nein. Meine liebe Frau, was denkt Ihr Euch? Nein, Ihr bleibt hier, und wenn sich die Losung als falsch erweist, werden wir uns etwas anderes für Euch einfallen lassen. Versteht Ihr?«

Er ging hinaus, ohne ihr eine Lampe oder Kerze dazulassen, und die Dämmerung kroch in ihr kleines, kaltes Zimmer. Auf dem schmalen harten Bett hockend, verarztete sie den gequetschten Daumen.

Was hatte sie getan? Die falsche Losung würde sicherlich die Leibwache herbeirufen, sollte Bagdemagus oder einer seiner Männer versuchen, damit in ihr Lager hineinzugelangen – aber würden sie auch rechtzeitig eintreffen, bevor ihre Feinde die Täuschung durchschauten? Die Täuschung – o ja, im Krieg war alles erlaubt, aber dennoch – was hatte sie getan? Sie hatte nicht bloß einen Meineid geschworen – was hatten die furchteinflößenden Worte zu bedeuten, die sie nachsprechen mußte? »Und die Bösen Geister, die mir folgen, sollen mich in Besitz nehmen und mir Herz und Seele rauben ...« Woher wußte er von den Bösen Geistern? Wurde vielleicht auch er von Bösen Geistern heimgesucht? Und wenn ja, wie groß und mächtig mochten die schwarzen Teufel sein, die einen solchen Mann verfolgten? Beinahe empfand sie – nein, kein Mitleid, sondern eine Art ehrfürchtiges Entsetzen angesichts der Bürde seiner Schuld. Andererseits hatte er sich erneut an ihr vergangen. Er hatte sie zu einem Meineid gezwungen, so daß sie ihr Seelenheil nun verwirkt hatte; und er hatte sie den Bösen Geistern ausgeliefert ... Sie schauderte, ganz in ihren Haß vergraben, am schmerzenden Daumen saugend. Die Winkel des Raums füllten sich mit Dunkelheit. Die Schatten waren voller schwarzer, borstiger Wesen – stachelige schwarze Kugeln mit Beinen, die sich zu großen, fuchsköpfigen Wesen entfalteten ... Und am Fenster flatterten Schwingen.

Als sie endlich einschlief, wurde sie von gräßlichen Alpträumen geplagt – sie stapfte meilenweit durch ödes Land und hielt irgend etwas in Händen – was war das? ein Schwert, ein Paar Schuhe, ein Korb, ein Buch – was es auch war, sie mußte es immer fester halten, obwohl es allmählich rotglühend wurde und ihr die Hände verbrannte. Und hinter ihr kamen die Bösen Geister. Einmal blieb sie stehen, wandte sich zu ihnen um und sagte: »Ich weiß, wer ihr seid. Ich habe euch erschaffen. Geht weg!«, doch sie grinsten sie bloß furchteinflößend an und wollten nicht fortgehen. Sie kamen näher und wurden immer größer und gräßlicher ... Sie erwachte mit einem Schrei.

Bleiches Morgenlicht sickerte durchs Fenster – irgend etwas sperrte das Licht aus – flatternde Schwingen – namenloses Entsetzen ... Dann sah sie näher hin, und das Entsetzen machte Freude Platz. Es war Jeanne, die sich am Gitter festklammerte.

»Ach, mein Liebling!« rief Lynett aus. Sie steckte einen Finger durchs Gitter – das Fenster war unverglast – und zauste dem Falken das Brustgefieder. Dann bemerkte sie, daß an einem Fuß ein Stück Tuch befestigt war – blaues Tuch, wie es der junge Lanzelot trug. O ja, die Rettung war nah. Sie schluchzte vor Erleichterung.

Einstweilen blieb ihr nichts anderes übrig, als zu warten. Jeanne konnte gegenwärtig anscheinend nicht sprechen; statt dessen gab sie klickende, glucksende und schwirrende Geräusche von sich. Die Stunden vergingen nur langsam. Der stumme Bedienstete brachte ihr zu essen – Jeanne spürte die Nähe des Fremden und flog davon. Als er fort war, teilte Lynett das Fleisch mit Jeanne. Der Tag verstrich.

10

Wie Lynett mit Bagdemagus verfuhr

Dann auf einmal erscholl Lärm, und es roch nach Rauch. Dies war nicht der heimelige Geruch eines Kochfeuers, sondern der Gestank von Dingen, die eigentlich nicht hätten brennen sollen. Lynett vernahm laute Rufe, Fußgetrappel, das Klirren von Metall, ein Krachen, als etwas umstürzte. Sie versuchte, sich aus dem Fenster zu lehnen, doch dieses war so plaziert, daß sie nichts erkennen konnte. Mit einem durchdringenden Schrei flog Jeanne davon und verschwand außer Sicht.

Irgendwo in der Burg brannte es, und auch Lynett würde verbrennen. War das die letzte Bosheit dieses Mannes – sie in ihrem Kerker verbrennen zu lassen, auf daß ihre Retter am Ende nur noch ihr verkohltes Gerippe vorfänden? Sie versuchte zu beten, doch es gelang ihr nicht. War ihre Seele nicht bereits verdammt?

Dann wurde die Tür aufgerissen, und vor ihr stand Bagdemagus, den der junge Lanzelot beim Haar gepackt hatte, während zwei Knappen ihm die Arme hielten.

»Fürchtet Euch nicht, Lady«, sagte Lanzelot. »Hier ist Euer Peiniger.«

Mit der Schwertklinge bedrohte er Bagdemagus' Hals. »Soll ich ihm den Kopf abhauen?« fragte er.

Bagdemagus' Gesicht war gelblichgrau, und der von

der Stirn herabrinnende Schweiß hatte Rinnen in sein dreckverkrustetes Gesicht gegraben. Das Haar war ihm in die Augen gefallen; er wehrte sich, erschlaffte, wehrte sich erneut. Hin und wieder schluchzte er trocken auf.

»Habt Erbarmen«, ächzte er. »Ach, verehrte Dame, habt Erbarmen mit mir. Sagt nicht, er soll mich töten. Laßt nicht zu, daß er mich tötet. Habt Erbarmen. Ich bedaure alles, was ich Euch jemals angetan habe. Ach, liebe Frau, laßt mich am Leben.«

»Nein«, sagte sie.

»Ich bitte Euch – ich flehe Euch an – habt Mitleid, bloß ein wenig Mitleid ...«

»Nach allem, was Ihr mir angetan habt? Ihr habt mir unsägliches Leid zugefügt. Ihr habt meinen Körper und meine Seele beschmutzt. Erst habt Ihr mir die Jungfräulichkeit geraubt, dann habt Ihr mich gezwungen, einen Meineid zu schwören und meine Seele der Verdammnis anheimzugeben. Das verzeihe ich Euch nicht.«

Er erging sich in Selbstmitleid und ließ sich zwischen seinen Bewachern zu Boden sinken. Er war ganz außer sich vor Angst.

»Ausgerechnet Ihr!« sagte sie. »Ihr habt mich Tapferkeit gelehrt – und jetzt fehlt es Euch an Mut, mit Anstand in den Tod zu gehen.«

»Ich bin am Ende, Lady. Ich unterwerfe mich. Denkt daran, ich habe Euch einmal geliebt ...«

»Das nennt Ihr Liebe? Das war tierische Gier, nicht mehr.«

»Robin, mein Junge ...«

»Nennt mich nie wieder so. Also gut, tötet ihn.«

Und Lanzelot schlug zu mit seinem funkelnden

Schwert. Die Klinge durchtrennte mühelos den Hals – der Kopf des Mannes rollte auf den Boden und setzte zu Lynetts Füßen einen Schwall von Blut frei. Wie gebannt konnte sie den Blick nicht davon abwenden. Doch dann stieg ein Grauen in ihr auf, und sie mußte sich übergeben.

»Gebt mir einen kräftigen Schluck zu trinken, rasch«, murmelte sie. Einer der Knappen reichte ihr eine Trinkflasche mit Aqua Vitae – sie nahm einen großen Schluck. Das Lebenswasser brannte in ihrer Kehle, doch der eine Schock überdeckte den anderen, und der Schwindel ging vorbei; sie atmete tief durch und lehnte sich zitternd und kalkweiß im Gesicht an die Wand.

»Wie fühlt Ihr Euch, Lady?« fragte Lanzelot. »Ihr seht nicht gut aus ...«

»Es geht schon wieder«, antwortete sie mit erstickter Stimme. »Bloß ein Fieberanfall, glaube ich. Ich werde König Artus diesen Kopf überbringen.«

»Kommt mit.« Lancelot bot ihr seinen Arm. Er geleitete sie durch die Burg, in der jetzt eine seltsame Stille herrschte, allein durchbrochen von den langsamen Schritten der Männer, welche die Toten ins Freie schleiften. Die Bediensteten hatten die beste verfügbare Kammer für sie vorbereitet und zogen sich sogleich zurück. Lynett legte sich ins warme, weiche Bett – zitternd und unempfänglich für die Wärme.

Drei Tage später stand der junge Lanzelot vor ihrer Tür. In der Hand hielt er einen runden, schwarzen, haarigen, struppigen Gegenstand. Lynett schrie auf.

Immerzu diese runden, schwarzen, borstigen Dinger – ständig träumte sie davon. Sie rollten ihr hinterher oder verfolgten sie auf ihren gräßlichen dünnen Beinen – sie wurden immer mehr – und jetzt dies ...

»Schafft das weg!« rief sie. »Um Himmels willen, schafft das weg . . . Was ist das?«

»Der Kopf Eures Feindes, Lady«, antwortete Lanzelot mit sanfter Stimme. »Ihr sagtet, Ihr wolltet ihn König Artus überbringen, was nur recht und billig ist. Wir haben ihn ordentlich einbalsamiert – er wird nicht zu stinken anfangen – und in dieses Ziegenfell gepackt ...«

»Also, das ist es? Bitte steckt ihn in einen Sack, aus Leder oder Stoff, einen Korb oder was auch immer – bloß ... bloß nichts Schwarzes und Haariges.« Sie schauderte.

»Ganz wie Ihr wünscht, Lady – nichts leichter als das.« Kopfschüttelnd zog er sich zurück und suchte solange, bis er ein kalbsledernes Ränzel gefunden hatte.

Als sie später aufbrachen, hatte Lynett den in hellem, glattem Kalbsleder verpackten Kopf am Sattelknauf befestigt. Und sie fragte sich, ob sie sich nicht ein wenig wie die Judith aus der Heiligen Schrift hätte fühlen sollen. Sie hatte sich für den Verlust der Jungfräulichkeit gerächt und den König von seinem Feind befreit. Ohne Bagdemagus war die Welt ein wenig friedlicher geworden. Sein Hort der Gesetzlosigkeit und des Verbrechens war vernichtet. König Artus würde erfreut sein, denn nun war er der Verwirklichung seines Traums von einem besseren, einigen, gesetzestreuen Britannien, in dem ehrliche Menschen in Sicherheit leben konnten, ein großes Stück näher gerückt. Ihre persönliche Queste, ihre langersehnte Rache, war vollendet, und eigentlich hätte sie Genugtuung darüber empfinden sollen. Aber dennoch – wenn sie das Ding am Sattelknauf ansah, fühlte sie sich weniger wie

Judith, als vielmehr wie Salome. Ach, Unsinn, dachte sie. Dies war nichts weiter als Ekel angesichts der vollbrachten Tat – bloße Zimperlichkeit. Wenn die Ritter es fertigbrachten, Menschen zu töten und gleichwohl gut zu schlafen, weshalb sollte sie dann davor zurückschrecken? Aber dennoch …

11

Eine Vision im Wald

Vor ihnen lag ein weiter Weg; sie mußten ganz Britannien durchqueren, von Northumberland bis zur Themse.

Zumeist ritten sie von Burg zu Burg und baten um Gastfreundschaft; bisweilen aber kam es gegen Abend zu bangen Momenten, wenn ungewiß war, ob sie nicht den Weg zur nächsten Burg verfehlt hatten ... Ihre Gesellschaft war kleiner geworden, nur noch die Ritter und Lynett gehörten ihr an, denn ihren Auftrag hatten sie für dieses Mal ausgeführt, und die Knappen und Bediensteten waren in der Burg Hardy zurückgeblieben, um solange die Stellung zu halten, bis ein neuer Burgherr benannt würde.

Doch je mehr es auf den Sommer zuging, desto müheloser kamen sie voran, die Bäume waren belaubt, und die öden Moore machten allmählich lieblichem Waldland Platz. In warmen Nächten gab es keinen Grund, unter einem Dach Zuflucht zu suchen, und sie lagerten im Wald; die Ritter errichteten für Lynett ein Zelt. Gestützt wurde es von den vier Lanzen; das Zelttuch war in den Satteltaschen untergebracht. Dort bereitete man ihr nun ein schmales Nachtlager aus Stroh, als wäre sie ein gewöhnlicher Soldat, und darauf schlief sie, während die anderen am Feuer lagerten, den Kopf auf den Sattel gebettet.

An einem dieser friedlichen, warmen Abende saßen sie noch lange am Lagerfeuer, ehe sie sich schlafen legten. Der Ritter waren viere – Sir Bors, rotgesichtig und bedächtig, aber äußerst verläßlich; Sir Gwalchmei, groß und dunkelhaarig und dem berühmten Gawain ähnelnd, denn er war mit dem Hause Orkney verwandt; Sir Parzival, ein eigentümlicher Mann mit strohblondem Haar, heller Haut und großen, strahlend blauen Augen – es hieß, seine Mutter habe ihn bis zum Alter von achtzehn Jahren in der Abgeschiedenheit des Waldes erzogen, ohne daß er von der Welt, zumal von den Frauen etwas wußte. Er hatte sich nur sehr widerwillig auf das Abenteuer mit Lynett eingelassen, doch der König hatte seine Einwände zurückgewiesen; und im Verlauf der Reise hatte er seine Scheu vor Lynett abgelegt und betrachtete sie nun als seine Schwester; im Beisein der Burgdamen allerdings fühlte er sich stets unwohl. Der vierte nun war Lanzelot, so jung, so verletzlich, doch stets rasch bei der Hand oder dem Schwert. Vor einiger Zeit war er ein Stück weit mit Lynett allein geritten, hatte ihr sein kummervolles Herz ausgeschüttet und ihr von seiner unglücklichen Liebe zu Guinevere erzählt. Bislang verehrte er sie bloß von ferne, doch er wußte um die Stärke seines Gefühls und wie alles ausgehen würde.

Und so saßen sie nun im flackernden Feuerschein beieinander.

»Bald sind wir wieder in Camelot«, bemerkte Lanzelot versonnen.

»Und was machen wir dann?« fragte Gwalchmei.

»Erst einmal ruhen wir uns hoffentlich aus«, erklärte Bors mit so großer Zuversicht, daß alle lachten.

»Einverstanden, ja, einverstanden!« sagte Lynett. »Aber was kommt dann?«

Eine Weile schwiegen sie, dann ergriff Parzival das Wort.

»Wir ziehen los und suchen – Ihn.«

»Ja«, antworteten die anderen im Chor, »wir ziehen los und suchen – Ihn.«

Lynett musterte einen nach dem anderen mit dem traurigen Gefühl, von einem Geheimnis ausgeschlossen zu sein.

»Wen meint Ihr?« fragte sie. »Dürfte ich das erfahren?«

Die vier Männer wechselten zweifelnde Blicke.

»Darf eine Frau davon wissen?« sagte Parzival und schüttelte den Kopf.

»Nun, warum nicht?« meinte Bors.

»Ja, warum nicht?« wiederholte Lanzelot und, sich über die unausgesprochenen Einwände der anderen hinwegsetzend, erklärte er: »Es geht um den Heiligen Gral.«

»Ah!« seufzte Lynett und neigte den Kopf, und die anderen seufzten ebenfalls.

»Lady«, fuhr Lanzelot fort, »wir haben ihn einmal gesehen, an Artus' Tafel, jedoch bloß verschleiert. Es heißt, er zeige sich den Menschen alle sieben Jahre, wenn auch verhüllt, und wenn man ihn klar und deutlich sehen wolle, müsse man sich auf die Suche nach ihm machen. Einmal haben wir ihn alle vier gesehen. Es war an Karfreitag, in Camelot, und wir hatten uns im Saal der Tafelrunde zum Fastenmahl versammelt. Es war Mittag – erinnert Ihr Euch?« Er blickte die anderen an, welche wie ein Mann nickten. »Zunächst verdunkelte sich der Himmel, als ob es Mitternacht wäre, und es donnerte; dann senkte er sich vom hohen Fenster auf einem Lichtstrahl herab.«

»Wo kam er her? Wie sah er aus?« flüsterte Lynett. Bors nahm den Faden auf.

»Er sah aus wie ein mit einem Schleier bedeckter Pokal oder Abendmahlskelch – niemand hielt ihn, er bewegte sich von selbst zu uns hernieder ...«

»Nein«, widersprach Gwalchmei, »er wurde von einer Hand getragen. Ich habe die Hand gesehen.«

»Auch nicht ganz richtig«, warf Parzival ein. »Er wurde von einer Dame getragen, aber sie war verschleiert, dicht verschleiert von Kopf bis Fuß – nicht einmal die Hände waren zu sehen.«

»Aber als er in unserer Mitte angelangt war, da waren wir – wie sagt man noch gleich, Parzival?«

»Glückselig«, antwortete Parzival und blickte mit seinen blassen Augen vor sich hin.

»Wir waren – ach, es war so«, fuhr Bors fort und verhaspelte sich beinahe vor Begeisterung. »Es war, als hätten sich das trockene Brot und der Pökelfisch und das Wasser in den Bechern in unsere Lieblingsspeisen verwandelt. So war es natürlich nicht, aber die Freude war die gleiche ... Vor langer Zeit, als ich noch ein Kind war, war ich einmal krank und hatte zwei Tage lang kein Fleisch mehr geschmeckt, und als es mir wieder besser ging, kochte mir meine Mutter ein Gericht, und das war das beste, was ich je gegessen habe – ein gebratenes Huhn mit Kräutern – so war das. Hab ich recht?« Und er schaute die anderen an.

»Für mich«, sagte Parzival, »waren es sonnenwarme Pfirsiche, wie sie die Engel im Paradies vor dem Sündenfall verzehrt haben mögen.«

»Und für mich ...«, sagte Gwalchmei, »ja, es war genau wie damals, als ich mit meinem Vater jagte und wir großen Hunger hatten, und dann briet er einen Hirsch am Lagerfeuer, und wir schlangen das Fleisch in uns herein – so hungrig waren wir. Die Speise, nach der man sich gesehnt hatte ... Und wie war es für dich, Lanzelot?«

Lanzelots Gesicht wirkte im Feuerschein gerötet.

»Das vermag ich nicht zu sagen«, antwortete er. »Ich glaube, das Brot und der Fisch hatten sich nicht verändert, aber ich schmeckte nichts, denn ... meine Herzensdame war bei mir.« Er senkte den Kopf auf die Knie.

»Es heißt«, ergriff wieder Bors das Wort, »er könne jede Krankheit und jeglichen Kummer heilen, wenn man ihn wahrhaft sucht und dann findet. Wir alle schauten für einen Augenblick seinen verschleierten Umriß und verspürten seine segensreiche Wirkung; und dann verschwand er wieder. Wir hätten auf der Stelle mit der Suche beginnen mögen – Artus aber verbot es uns und meinte, die Zeit sei noch nicht reif.«

»Und wenn wir zurückkehren«, sagte Lynett, »wäre dies dann der rechte Zeitpunkt?«

»Den kennt Gott allein«, entgegnete Parzival.

Versonnen blickte Lynett ins prasselnde Feuer, dann sagte sie: »Könnte sich auch eine Frau auf die Suche nach dem Gral machen?«

Die Männer blickten sie erstaunt an.

»Gewiß doch«, sagte Lanzelot.

»Eine Frau – niemals!« rief Parzival.

»Warum nicht?« fragte Bors.

»Vielleicht dann, wenn sie noch Jungfrau ist ...« bemerkte Gwalchmei, und als er sah, wie Lynett errötete, setzte er hinzu: »Oh, ich bitte um Verzeihung, Lady. Ich wollte bloß sagen – Ihr seid natürlich eine verheiratete Frau, Sir Gaheris' Gemahlin. Ich wollte Euch nicht zu nahe treten.«

– Er hat keine Ahnung, dachte Lynett bekümmert.

Sie saßen schweigend da, bis auf einmal das leise Rascheln des Waldes von einem einzelnen Ton durchbrochen wurde. Es war der Ton eines Silberglöckchens – und da ertönte es wieder, kein Bimmeln, sondern langsam und regelmäßig aufeinanderfolgende Töne, lieblich wie klingender Kristall. Und zugleich stieg ihnen der Duft von Räucherwerk in die Nase, der wahre und geheiligte Duft von Myrrhe und Galbanum. Und in weiter Ferne, auf irgendeinem unbekannten Pfad, glomm ein Licht.

Sie sprangen auf und spähten zwischen den dunklen Baumstämmen hindurch. Das Leuchten wurde heller – und schließlich vernahmen sie Gesang, und eine unheimliche Prozession tauchte aus der Dunkelheit auf, gehüllt in ein seltsames Licht.

An der Spitze schritt feierlich ein edler Hirsch – größer als ein Rothirsch und makellos weiß, das große Geweih stolz gereckt, und zwischen den Sprossen saß ein geschnitztes Kruzifix, von dem ein weißes Licht ausstrahlte. Dem weißen Hirsch folgten sechs weiß gekleidete Mädchen mit verschleierten Gesichtern und Goldkronen auf dem Kopf – die Köpfe hatten sie gesenkt, und sie sangen leise. Dann kamen Rauchfaßträger und Meßdiener und Priester, alle mit blauen Gewändern angetan, die Gesichter jedoch unter weißen Kapuzen verborgen. Dann kamen vier große Männer, die Seite an Seite schritten und deren jeder einen mit einem prachtvollem Tuch verhüllten heiligen Gegenstand trug, so daß nicht zu erkennen war, worum es sich handelte. Und hinter ihnen, flankiert von vier Knaben, schritt feierlich eine junge Frau, deren weißer, mit goldenen Blumen durchwirkter Schleier auch den Gegenstand bedeckte, den sie behutsam in Händen trug. Trotz des Schleiers strahlte ein vielfarbenes Licht davon aus, und die einzelnen Farben waren so rein, daß sie Augen und Herz mit tiefer Freude erfüllten.

Die fünf Beobachter fielen auf die Knie nieder, während die Prozession vorbeischritt. Das Silberglöckchen tönte langsam und lieblich; die sanften Stimmen sangen; der Weihrauch trieb in blauen Schwaden vorbei. Und dann waren sie schließlich verschwunden, und nurmehr die Stille des Waldes blieb zurück.

Keiner der Fünf brachte ein Wort hervor, und sie schauten einander nicht an. Sie wandten sich voneinander ab und legten sich einmütig zum Schlafen nieder.

12

Von Glanz und Versuchung

Sie ritten weiter durch dichten Wald, bis sie in offenes Hügelland gelangten. Nun geschah es, daß sie eines Morgens bei recht guter Stimmung aufgebrochen waren – es war ein schöner Spätsommertag –, aber als sie zu Mittag absaßen und sich auf einer grasbewachsenen Böschung niederließen, um ihr Mittagsbrot zu verzehren, stellten sie fest, daß plötzlich Nebel aufgekommen war. Zunächst war es eher ein zarter Dunst, dann wurde es dichter, weißer, undurchdringlicher Nebel, der sie einhüllte – sie konnten sich nicht mehr orientieren. Sie saßen auf und ritten langsam weiter, den Blick auf den Wegesrand geheftet. Nach einer Weile half aber auch das nicht mehr weiter. Es dämmerte.

»Wir können nicht mehr weiterreiten«, sagte Lanzelot.

»Wenn wir bei der Straße geblieben sind, müßten wir uns in der Nähe einer Burg befinden«, meinte Gwalchmei.

»Eigentlich müßte man Lampenschein sehen – ja, seht mal ...«

Der Nebel lichtete sich ein wenig, und ein Lichtpünktchen tauchte auf.

»Ob das die Burg ist? Nein, seht mal, es bewegt sich ...«

»Jemand mit einer Laterne!« rief Parzival. »Kommt, er wird uns den Weg weisen ...«

»Nein, nein!« rief Lynett und umklammerte seinen Arm. »Das ist nicht irgend jemand mit einer Laterne! Seht ihr denn nicht – das ist *der* Mann mit der Laterne ...«

»Der *Ignis Fatuus.* Gott steh uns bei!« murmelten die Ritter und bekreuzigten sich. In weiter Ferne tanzten in der Dunkelheit drei, vier, fünf Lichtpünktchen zuckend umher.

»Was sollen wir tun?« Sie schlossen dicht zueinander auf. »Wir können nicht mehr weiter – weiß der Himmel, welche Sümpfe und Moore uns hier umgeben. Dies ist eine üble Gegend.«

Es blieb ihnen nichts anderes übrig, als sich in der kalten, feuchten, trostlosen Nacht im Kreis auf dem Boden niederzuhocken. Sie tranken, was sie dabeihatten, und aßen hartes Brot – sie hatten auch schon andere Beschwernisse gemeinsam ertragen. Als es nun Morgen wurde, hatte sich der Nebel noch immer nicht gelichtet, und sie waren schrecklich durchgefroren und hatten keinen Proviant mehr. Sie versuchten, Schritt für Schritt vorwärts zu gelangen, doch in jeder Richtung mochten Gefahren lauern, und die Straße fanden sie nicht wieder.

Abermals dunkelte es, und sie waren alle erschöpft, müde und hungrig. Die Pferde hatten das kärgliche Gras des Ödlands gerupft, zitterten jedoch ebenso wie die Menschen. Dies war kein Sommernebel – er war trostlos, kalt und durchdrang die Kleider. Und vor ihnen lag eine weitere beschwerliche Nacht.

Doch dann, während es allmählich dämmerte, lichtete

sich der Nebel, und sie stellten zu ihrem Erstaunen fest, daß sie sich nicht auf freier Flur befanden, sondern in einem Wald – in einem lichten Wald mit hohen, ausladenden Bäumen. Offenbar hatten sie hierher gefunden, als sie im Nebel umhergeirrt waren. Vor ihnen lag ein breiter, gut markierter Weg, und in einiger Entfernung wandelten drei Frauen.

»Das muß der Weg sein!« rief Lynett aus, und alle saßen auf, ritten langsam tiefer in den Wald hinein und schickten sich an, die drei Frauen einzuholen. Doch so rasch sie auch ritten (knapp davor, in Trab zu fallen, was sie jedoch für unpassend erachteten), die drei Frauen schritten ihnen in unverändertem Abstand voran.

Zwischen den Bäumen schien es heller zu werden; der Nebel hatte sich gelichtet. Als sie den drei Frauen (die auf Anrufe nicht reagierten) allmählich näher kamen, waren sie ein wenig deutlicher zu erkennen. Alle drei trugen gleichartige schwarze Gewänder, jedoch keine Kopfschleier. Die zur Linken hatte pechschwarzes Haar, das ihr beinahe bis zu den Füßen reichte; die in der Mitte hatte rote Locken, die sie zu einer kunstvollen Frisur hochgetürmt hatte; und die zur Rechten hatte rotgoldenes Haar, das ihr über die Schultern floß. Offenbar waren sie zu einer Weggabelung gelangt – die Schwarzhaarige und die Blonde wandten sich nach links, die Rothaarige aber trennte sich von ihnen und ging nach rechts. Und dann trat ihr mit leuchtenden Augen auf einmal Merlin entgegen.

»Ach, das ist ja Merlin!« rief Lynett aus. »Das *muß* der richtige Weg sein – laßt uns weiterreiten!« Und sie trieb ihr Pferd vorwärts. Doch sie kam nicht weiter. Offenbar gab es eine unsichtbare Barriere, die sie auf den anderen

Weg abdrängte, und Merlin und die rothaarige Frau waren plötzlich verschwunden. Als Lynett sich umblickte, war auch die Blonde verschwunden – nur noch die Dunkelhaarige war zu sehen, und sie wandte sich zu ihnen um, und hinter ihr lag ein hübsches, stattliches Haus, in dessen Fenstern Lichter brannten.

Ein prächtiges Anwesen, wie es schien – keine befestigte Burg, sondern ein Palast, mit einer breiten Treppe, die zu einer weit offenen Tür emporführte. Die dunkelhaarige Frau lächelte und hatte die Arme ausgebreitet.

»Kommt her, kommt her, Ihr alle!« rief sie aus. »Seid willkommen, müde Reisende.«

Plötzlich waren Bedienstete da, welche ihnen die Zügel abnahmen, als sie absaßen; sie stiegen die Treppe hoch und traten in einen hellen, warmen Raum. Harfenklänge schallten ihnen entgegen, es duftete nach wohlriechenden Essenzen, noch angenehmer aber war der Duft nach gebratenem Fleisch. Ein stattlicher Saal, der Boden in hellen Mustern gefliest und bestreut mit duftenden Kräutern; die langen Tische waren gedeckt, und an den mit prachtvollen Wandbehängen geschmückten Wänden hingen polierte Schilde, vor denen Stocklaternen brannten. Alles wirkte einladend und behaglich. Hübsche Pagen und reizende Jungfern führten sie fort, damit sie ihre von der Reise in Mitleidenschaft gezogene Kleidung gegen prächtige und bequeme Gewänder eintauschen konnten; dann setzten sie sich zu Tisch und labten sich am fürstlichem Mahl. Weder die Ritter noch Lynett fragten sich noch länger, was es mit diesen himmlischen Genüssen auf sich haben mochte, sondern gaben sich ihnen voller Dankbarkeit hin.

Schließlich nahm eine hübsche, dunkelhaarige Dame

Lynett bei der Hand und geleitete sie zu ihrem Gemach. Nach der Pracht des Saales hatte Lynett ein einladendes Zimmer vermutet – Wandbehänge vielleicht und einen mit einem Teppich bedeckten Tisch –, doch was sie vorfand, hatte sie nicht erwartet. Hier war der Boden so dick mit Teppichen ausgelegt, daß die Schritte kein Geräusch machten, und eine Fülle von Seidenkissen lag herum. Von der mit Schnitzereien und Gemälden geschmückten Dekke hing eine Lampe aus buntem Glas herab, die ein weiches Licht verbreitete. In allen Zimmerecken funkelten mit Juwelen besetzte Wandbehänge, und phantastische Bilder blickten auf sie nieder. Lynett hatte bereits von solchen Räumen gehört, Gemächer, wie es sie bei den Sarazenen und Mohammedanern gab, jedoch nie geglaubt, so etwas mit eigenen Augen zu schauen.

Die schwarzhaarige Dame nahm auf einem Kissenstapel Platz und bedeutete Lynett, es ihr nachzutun; sodann schenkte sie ihr süßen Wein ein.

»Meine Liebe«, sagte sie, »wir sind uns nicht fremd. Ich bin dir bei deiner Hochzeit begegnet, erinnerst du dich? Ich und meine beiden Schwestern ...«

Lynett stammelte etwas Unverständliches.

»Ja«, fuhr die Dame fort, »ich bin deine angeheiratete Tante. Königin Morgause von Orkney, die Mutter deines Bräutigams, ist meine Schwester – die dritte von uns ist Vivian, die mit Merlin verlobt ist. König Artus ist außerdem unserer Mutter Sohn. Daher sind wir miteinander verwandt.« Lächelnd zog sie Lynett an sich.

»Ach, ich weiß, mein Kind, du hast keine Freude an deiner Heirat gehabt. Es gibt nur wenig, was ich nicht weiß ... Und nun bist du also die Botin meines Bruders Artus? – Aber Artus begeht da einen schweren Fehler. Er beabsichtigt, sich zum König über das ganze Land zu machen. Und ich finde, das sollte er nicht tun ... Oh, du wirkst erstaunt. Natürlich verstehst du nicht, was dagegenspricht. Du hältst ihn für einen großen und guten König – doch es gibt einiges, was du nicht weißt und nicht begreifst ... Hör mir zu. Was gibt dir Artus für die Dienste, die du ihm leistest?«

»Was er mir gibt?« fragte Lynett und blickte recht einfältig drein.

»Ja – jeder Bedienstete hat einen Lohn verdient. Was bekommst du für deine Dienste?«

»Was ich bekomme? Darüber habe ich mir noch keine Gedanken gemacht ... Nun, er behandelt mich wie jeden anderen seiner Ritter. Was sollte ich da bekommen? Er gibt uns eine Rüstung, und er gab mir Kleidung und eines seiner großen Pferde ...«

»Das ist alles? Selbst ein Ritter muß essen.«

»Oh, wenn wir bei Hofe sind, veranstaltet er eine *bouche de court* – und er gibt mir Goldstücke, damit ich unterwegs meine Unterkunft bezahlen kann – ja, und er hat mir diesen wundervollen Ring geschenkt ...«

»Mit anderen Worten, du dienst ihm für Kost und Unterkunft? Aber das ist ein Schurkenlohn, mein Kind! Er sollte besser für dich sorgen!«

Lynetts Gesicht hatte sich gerötet. »Wir sind seine Ritter – ich – ich meine, ich verlange gar nicht mehr. Weshalb sollte ich mehr wollen?«

»Ach, wie naiv du bist!« Die Dame lächelte. »Nun, mein Kind – von den anderen Rittern besitzt jeder sein eigenes Gut, ein eigenes Haus und eigene Ländereien, wohin er sich zurückziehen kann, wenn sein Auftrag erfüllt ist. Was aber hast du? Das Haus in Lyonesse gehört dir nicht, jetzt wo deine Schwester verheiratet ist und mit Gareth dort wohnt. Dein Gaheris hat keinerlei Vorsorge für dich getroffen, seit du ihn verlassen hast. In welches Heim kannst du zurückkehren, wenn du deinen Auftrag erledigt hast? Was hat Artus dir gegeben? Hast du dies schon einmal bedacht?«

»Darüber habe ich noch nicht nachgedacht«, antwortete Lynett mit niedergeschlagenem Blick.

»Also, ich«, sagte die Dame, »würde besser für dich sorgen als er. Ich brauche ebenfalls einen Boten. Ich würde dich reich belohnen, mit Gold und Häusern und Ländereien.«

»Ich kann den Dienst beim König nicht aufkündigen.«

»Das brauchst du auch nicht. Du sollst ruhig weiter verfahren wie bisher, ich bitte dich bloß darum, daß du hin und wieder eine Nachricht für mich beförderst und mir Bescheid gibst, wo du dich gerade aufhältst und wohin der König dich schickt.«

Lynett blickte sie fragend und offen an.

»Und daß du dich über gewisse Dinge anders besinnst.«

»Nein«, sagte Lynett.

»Oh, du glaubst ... Nein, vielleicht nicht gerade einen solchen Palast wie diesen hier, wenngleich ich dir auch diesen Wunsch erfüllen könnte, wenn ich es wollte – aber ein behagliches, mit einem Wassergraben umgebenes Gut, mit Obstgärten und Bienenstöcken und Milchkühen, fruchtbaren Feldern und einem hübschen kleinen Kräutergarten – so wie dein Elternhaus in Lyonesse.«

»Nein, nein, nein!« sagte Lynett und schlug mit der Faust in das weiche Kissen, das vor ihr lag.

»Nein? Nun, dann eben nicht. Aber ich möchte dir ein

weiteres Angebot unterbreiten – weshalb kehrst du nicht nach Hause zurück? O ja, gib Artus nur gleich Bescheid, daß du nicht mehr für ihn arbeiten willst, wenn du seinen Auftrag ausgeführt hast – sag ihm, du hättest genug vom Umherstreunen. Kehr nach Lyonesse zurück, zu deiner Schwester und zu Gareth. Sie erwartet ein Kind – und da kommt ein Mann schon mal auf seltsame Gedanken. Wenn du in meine Dienste eintrittst, verspreche ich dir, daß er, dein Gareth, sich dir zuwenden wird ...«

Lynett wurde von heftiger Sehnsucht erfaßt, und sie wandte das Gesicht ab. Die Dame hörte, wie sie scharf den Atem einsog.

»Ach ja, ich weiß, das wäre dein Herzenswunsch. Du kannst dich auf mein Versprechen verlassen. Du brauchst nichts weiter zu tun, als dort zu sein und zu beherzigen, was ich dir sagen werde. Er wird einen Sohn bekommen, und wenn er heranwächst, sollst du ihn lehren, was ich dir sagen werde. Es wäre ganz leicht für dich – weshalb kehrst du also nicht nach Hause zurück?«

»Abermals nein«, sagte Lynett, doch diesmal hatte sie die Hände ineinander gekrampft.

»Es tut mir leid«, sagte stirnrunzelnd die Dame, »denn dann kann ich nicht deine Freundin sein, wie es mein Wunsch gewesen wäre. Aber versprich mir eines – daß du niemals diesem Bagdemagus verzeihen wirst, selbst da er tot ist.«

»Oh, das kann ich Euch versprechen!« rief Lynett aus und schaute hoch in diese funkelnden dunklen Augen.

»So ist es recht. Gelobe, daß du ihm niemals verzeihen wirst, um deiner Ehre und deiner Würde als Frau willen. Nie, niemals!«

»Ich gelobe es!«

»Dann gibt es also doch Anlaß, uns die Hände zu schütteln«, sagte die dunkelhaarige Frau und reichte Lynett die Hand. Lynett ergriff die Hand, worauf die Frau diese sogleich packte und daran zog, so daß Lynett auf den Teppich fiel – doch es war kein Teppich mehr da, bloß harter, kiesiger Erdboden, und Lynett wurde von jemandem bei der Hand vorwärtsgezogen – sie schrammte sich die Knie auf –, und gleichzeitig wurde sie beim Haar gepackt.

Verschwunden waren das Gemach und die Dame. Ringsumher war freie Flur, gehüllt in ein bleiches, trübes Licht, und zwei grobe Männer in Bagdemagus' Livree zerrten Lynett über den Boden. Sie schrie und wehrte sich.

»Jetzt haben wir dich«, sagte einer der Männer. »Eine hübsche Leibgarde hattest du da – alle haben sie geschlafen. Wir haben nicht viel von ihnen übriggelassen.« Als sie den Kopf verdrehte, machte sie auf dem Boden liegende dunkle Umrisse aus – tote Pferde oder Leichen.

»Du hast dich an Bagdemagus gerächt, unserem Anführer«, sagte der andere, »und jetzt werden wir uns an dir rächen.«

»Und dann wird König Artus mich rächen«, fauchte sie.

»Ach ja? Und dann werden wir uns an König Artus rächen, und so geht es lustig weiter.«

Lynett schwieg, als man sie hochzerrte, quer über einen Sattel warf und mit ihr fortritt. Das Verlies, in das man sie schließlich steckte, lag tief unter der Erde, und es war stockdunkel.

13

Vom schaurigen Kopf

Wie sie so in der Dunkelheit auf dem fauligen Stroh lag, stieß ein Mann die knarrende Tür auf und trat mit einer Fackel ein. Es war einer von Bagdemagus' Gefolgsleuten, ein derber, bärtiger, ungeschlachter Mann wie sie alle, bekleidet mit grobem Tuch, das seine Livree war. Er hielt ein Bündel in der Hand.

»Hier, du geifernde Höllenkatze«, sagte er. »Damit du Gesellschaft hast. Hier ist der Kopf unseres Anführers, den dein Buhle auf deinen Befehl hin abgehauen hat – damit du etwas zum Nachdenken hast. Jetzt kannst du ihn schelten, wie du magst – der hört dich nicht mehr.« Und die Fackel mit der Linken hochhaltend, hängte er das kalbslederne Ränzel, dessen Inhalt sie nur allzu gut kannte, ihr gegenüber an einen Nagel in der Wand. »So. Jetzt habt Ihr Beschäftigung, Lady, während wir in aller Ruhe überlegen, was wir mit Euch anfangen sollen. Es wird weder schnell gehen noch leicht für Euch sein, darauf könnt Ihr Euch verlassen.« Und er ging wieder hinaus, warf die große Tür zu und ließ ihr nicht einmal die qualmende Fackel da.

So hockte sie nun im Dunkeln und wußte bloß, daß über ihr an der Wand dieses fürchterliche Ding hing, gleichsam die Krönung aller anderen Schrecken der Dunkelheit ...

Nach einer Weile bemerkte sie ein schwaches, unheimliches Licht, das von dem Ränzel ausging – ein blasses Leuchten wie von Faulpilzen in einem Baumstumpf oder verwesendem Fisch in einem dunklen Keller. Sie bekam eine Gänsehaut, und eine grauenhafte Kälte breitete sich in ihr aus. Das unheimliche Licht wurde immer heller – und dann meinte sie, durch das Leder und die Verschnürung hindurch das leblose Gesicht zu erkennen, und es schwoll immer mehr an, wurde größer und größer, bis es über ihr dräute und das Gewölbe ausfüllte, das ganze Verlies – sie schrie auf, doch es war niemand da, der sie hätte hören können. Vorübergehend war sie ganz benommen, als habe sie einen Ohnmachtsanfall. Dann wich das schaurige Gesicht allmählich zurück und schrumpfte immer weiter, bis es nurmehr lebensgroß war. Und nun schwebte es über ihr an der Wand, keine riesige Sphinx mehr, sondern Bagdemagus' Gesicht, leblos und widerwärtig. Allerdings lag in seiner Abscheulichkeit auch eine fürchterliche Trauer. Dies war nicht bloß Folge der Verwesung, sondern es hatte sich der Ausdruck des Gesichts verändert. Die Brauen bogen sich nach unten, die Lider waren fest geschlossen – die Nasenlöcher waren zusammengekniffen, die Lippen ebenfalls zusammengepreßt, die Mundwinkel hingen schmerzlich herab – es ähnelte dem Antlitz des Gekreuzigten.

Dann öffneten sich die Lider einen Spalt weit, die schmalen Lippen teilten sich, und der Kopf hob mit krächzender, schwankender Stimme zu sprechen an.

»Vergebt mir.«

Lynett schrie auf und schlug die Hände vor die Brust.

Abermals sprach der Kopf.

»Vergebt mir ... Um Himmels willen ... Lynett ... verzeiht mir und schenkt mir Frieden.«

Sie antwortete mit flüsternder Stimme.

»Wie könnt Ihr mit mir sprechen? Wo seid Ihr? Seid Ihr in der Hölle?«

»Ich weiß es nicht«, erwiderte der unheimliche Kopf. »Ich weiß nicht, ob dies die Hölle ist. Ich weiß bloß, daß ich leide, und ich weiß, daß dies nicht das Fegefeuer ist, denn im Fegefeuer gibt es Hoffnung, und die existiert hier nicht. Im Fegefeuer gibt es Bewegung, und hier gibt es keine Bewegung, kein Weitergehen für mich. Ach, wenn ich doch bloß ins Fegefeuer eintreten und meine Buße beginnen könnte! Doch das kann ich erst, wenn Ihr mir vergebt.«

»Darum habt Ihr mich schon einmal gebeten, und ich habe nein gesagt«, entgegnete sie. »Weshalb sollte ich Euch jetzt vergeben?«

»Damals habe ich Euch um Vergebung angefleht, weil ich Todesangst hatte. Jetzt aber bin ich tot, und alles sieht anders aus. Jetzt begreife ich, was mir damals verschlossen war, und ich bitte Euch um Vergebung, weil ich bedaure, was ich getan habe.«

Sie saß schweigend da.

Er sprach weiter.

»Ich sehe so manches anders, jetzt, da ich seit so vielen Tagen tot bin – oder sind es gar schon Monate oder Jahre? Das ist schwer zu sagen.

Nun aber weiß ich, was ich getan habe. Was ich nie begriffen habe, war Eure Unschuld. Wie konnte ich auch, da ich dieser Art Unschuld doch nie begegnet war? Die simple Rühr-mich-nicht-an-Keuschheit Eurer Schwester, die verstand ich – Eure freimütige Freundschaft aber, ohne alle Hintergedanken –, die war mir fremd. Fälschlicherweise hielt ich sie für eine mutwillige Einladung. Es kam mir nie in den Sinn, daß Ihr an fleischliche Lust nie gedacht habt. Einem Mädchen wie Euch war ich noch nie zuvor begegnet, und ich glaubte wirklich, Eure Wünsche entsprächen den meinen. Und so raubte ich Euch in meiner Dummheit die Unschuld. Es ist wahr, ich habe Euch auf meine Weise geliebt, doch ich wußte nicht, was ich liebte, und darum zerstörte ich es. Nun aber weiß ich, was ich getan habe – und vergieße deswegen bittere Tränen.«

»Ist das wahr?« fragte sie atemlos.

»Im Namen des Gottes, vor dem ich stehe«, sagte er, »es ist wahr. Wir Toten vermögen nichts mehr zu verbergen.«

Tränen quollen zwischen seinen geschlossenen Lidern hervor und rannen über seine faltigen Wangen.

Und auch Lynetts Augen füllten sich mit Tränen, und sie meinte, es sprenge ihr das Herz.

»Ach, Ihr armer Mann«, flüsterte sie.

»Vergebt Ihr mir jetzt?«

»Ich vergebe Euch«, antwortete sie.

»Gebt mir ein Zeichen. Küßt mich auf die Stirn. Nur zu, fürchtet Euch nicht. Ich habe keinen Körper mehr, der Euch weh tun könnte.«

Zitternd und mit zusammengebissenen Zähnen trat sie zwei Schritte vor, reckte sich und küßte die leichenblasse, leuchtende Stirn. Sie war kälter als Stein.

Sogleich entspannte sich das abscheuliche Gesicht, und auch Lynett entspannte sich am ganzen Körper. Eine seltsame Wärme breitete sich in ihr aus, und einen Moment lang erblickte sie ein helles Licht und verspürte unerklärliche Erleichterung.

»Ich danke Euch«, sagte das tote Gesicht, und die Augen öffneten sich und blickten Lynett klar und milde an. »Und ich danke Gott – ach, Gott, ich danke Dir! Jetzt kann ich loslassen. Laßt mich hier, wenn Ihr flieht.«

»Wenn ich fliehe? Wie sollte ich das anstellen? Und wann?«

»Schon bald – jetzt gleich. Ich werde Euch helfen. Haltet Euch bereit.«

Schritte näherten sich über den Gang. Der Wärter schloß die knarrende Tür auf und öffnete sie. Er hatte ein Zinntablett mit Essen dabei – in dem Moment aber, als er die Tür öffnete, sandte der Kopf ein fahles, bläulichgrünes Licht aus und bleckte die Zähne. Der Mann ließ das Tablett fallen und taumelte – Lynett hob das Tablett hoch, holte aus und hieb es dem Mann mit der Schmalseite gegen den Kopf. Er kippte um wie ein gefällter Baum. Die Tür stand weit offen.

Lynett vernahm einen völlig unerwarteten Laut – der Kopf lachte.

»Gut gemacht, Robin, mein Junge! Und jetzt geht, geht ...«

Und sie schlüpfte durch die Tür und trat hinaus auf den stockdunklen Gang.

14

Ein Bewohner der Finsternis

Sie lief in die Dunkelheit. Es gab nur zwei Richtungen, nach oben oder nach unten, und sie lief nach unten, in dem vagen Gefühl, daß die Männer oben waren und daß nach unten die Richtung war, die von ihnen wegführen würde. Es war stockdunkel – sie rannte blindlings weiter, dann tastete sie sich an den Wänden entlang durch den schmalen Gang. Gleichwohl empfand sie trotz der grauenerregenden Dunkelheit eine seltsame, unvernünftige Euphorie, die sie aufrecht hielt. Sie hatte sich nicht nur aus ihrem Kerker befreit und eine Gelegenheit zur Flucht gefunden – seit dem Moment, da sie Bagdemagus vergeben hatte, fühlte sie sich befreit. Sie wußte, daß sie die schwarzen Schreckgespenster los war – die kugelförmigen, borstigen Wesen mit den flinken Beinen und den verborgenen Zähnen –, sie waren verschwunden und würden niemals zurückkehren. Obwohl sie womöglich in den Tod rannte, frohlockte sie. Auch der Traum, in dem sie durch die Wildnis stapfte und irgend etwas umklammerte, fest umklammerte, würde sie nie wieder quälen. Was immer dieses Etwas gewesen war, sie war es los. Jetzt waren ihre Hände frei, und sie streckte sie weit von sich und berührte die Wände. Der Gang aber führte immer weiter, immer tiefer hinab, und ihr Hochgefühl legte sich allmählich. Sie fror jetzt und zitterte in der Dunkelheit. Immer tiefer und tiefer hinab. Wohin führte der Gang? Sollte sie umkehren? Aber nein, dann würde sie ihren Feinden geradewegs in die Arme laufen. In beiden Richtungen lauerte der Tod. Nun rannte sie nicht mehr, sondern tastete sich langsam voran. Sie traute sich nicht einmal stehenzubleiben.

Kurz darauf vernahm sie das Geräusch fließenden Wassers. Vorsicht jetzt. Sie setzte behutsam die Füße und stützte sich an den Wänden ab, die immer schroffer und bröckliger wurden. Dann auf einmal gab es keinen Halt mehr, und vor ihr toste Wasser. Sie verlor das Gleichgewicht, stürzte und fiel in den eiskalten, reißenden Fluß.

Hilflos wehrte sie sich gegen das Ertrinken. Sie tauchte wieder auf, schnappte nach Luft und schlug sich den Kopf an – sie wurde nicht ohnmächtig, doch verletzte sich schwer. Abermals tauchte sie unter, Wasser drang ihr in Schlund und Nase – der Tod war nah ...

Dann auf einmal wurde sie von unten gepackt und nach oben getragen – ihr Mund gelangte über Wasser, sie konnte wieder atmen, doch auf ihrem Kopf lag eine Hand und bedeckte Stirn, Augen und Nase, hinderte sie daran, den Kopf höher zu heben. Dicht an ihrem Ohr übertönte eine Stimme das Wasserrauschen: »Halt ganz still. Bei mir bist du in Sicherheit, aber du schwebst in größerer Gefahr, als du meinst. Die Höhlendecke befindet sich nur eine Handbreit über deinem Gesicht.«

Ein Mann hielt sie fest – sie lag mit dem Rücken flach an seiner Brust; den rechten Arm hatte er um sie gelegt, mit der Linken schützte er ihr Gesicht. Soviel konnte sie erkennen, und auch, daß er nackt war. Sie hielt still, obschon sie zitterte, und seltsamerweise empfand sie weder Abscheu noch Angst, obwohl sie dem Mann so nahe war. Statt dessen empfand sie Vertrauen und fühlte sich behütet, trotz des furchterregenden finsteren Wassers und der bedrohlich nahen Felsendecke.

Abermals sprach er sie an.

»Und jetzt hol tief Luft, halte den Atem an und zähle bis fünfzig. Wir tauchen.«

Sie gehorchte, und schon ging es wieder in die dunkle Tiefe hinab. Sie schaffte es nicht, bis fünfzig zu zählen – gegenwärtig konnte sie überhaupt nicht zählen. Auf einmal aber bekam sie wieder Luft, und sie hörte ihn »Fünfzig« sagen. Doch es war noch immer dunkel.

Dann hatten sie Kies unter den Füßen, und er hob sie hoch, trug sie ein Stück und legte sie dann, wenn ihr Gefühl sie nicht trog, auf das sandige Ufer. Dies alles geschah in undurchdringlicher Finsternis. Eine Weile lag sie nur da und atmete, versuchte, wieder Kräfte zu sammeln. Vielleicht schlief sie sogar ein. Es machte keinen Unterschied, ob sie die Augen offen oder geschlossen hatte.

»Hast du dich wieder ein wenig erholt?« fragte der Unbekannte. Seine Stimme war sehr sanft und melodisch. »Dies ist ein äußerst gefährlicher Weg – ich bin der einzige, der ihn kennt. Aber wie bist du hierher gekommen?«

»Ich bin meinen Feinden davongelaufen«, antwortete sie.

»Ah, ja, natürlich. Was sonst?«

Er bewegte sich in der Dunkelheit.

»Ruh dich aus«, sagte er. »Ich suche Feuerholz.« Sie

hörte, wie er sich ein Stück weit über knirschenden Kies entfernte; dann leuchtete zu ihrer Verblüffung ein Funke auf; der Mann hatte mit einem Feuerstein gegen Stahl geschlagen, und gleich darauf loderte eine Flamme empor – ein kleines Feuer aus trockenen Ästen, und nun konnte Lynett nach langer Zeit endlich wieder etwas sehen.

Sie befand sich in einer Höhle, die so gewaltig war, daß sie die Begrenzungen nicht erkennen konnte; fest stand nur, daß sie auf dem teils sandigen, teil kiesbedeckten Ufer lag, am Rande einer dunklen Wasserfläche. Der Rest verlor sich in der Finsternis. Ihr Retter, der vor dem kleinen Feuer hockte, war ein großgewachsener junger Mann, gut gebaut, jedoch mit eigentümlich blasser Haut und langmähnigem, aschfarbenem Haar. Abgesehen von einem ledernen Lendenschurz, den er offenbar eher als Schutz trug, als um sich zu bekleiden, war er nackt. Als er sich vom Feuer abwandte, sah sie sein Gesicht, und es war das schönste Gesicht, das sie je erblickt hatte.

»Komm ans Feuer«, sagte er ohne aufzuschauen.

Es hatte etwas Merkwürdiges, wie er mit dem Feuer hantierte. Er betastete jeden einzelnen Zweig, dann ergriff er ihn an einem Ende und schob ihn vor; sodann hielt er die Hände vor die Flammen, jedoch stets in einem gewissen Abstand, als bemühe er sich, einen bestimmten Wärmegrad zu erfühlen. Um das Feuer herum legte er sorgfältig einen kleinen Sandwall an, damit es sich nicht ausbreiten konnte. Offenbar hatte er Holz, Feuerstein und Stahl sowie noch andere Dinge unter ein paar Steinen versteckt.

Das Feuer brannte munter und verbreitete trostvolle

Helligkeit. Lynett war furchtbar kalt, und ihre Kleidung tropfte und hing schwer an ihr.

»Und nun mußt du deine Sachen ausziehen und am Feuer trocknen«, sagte ihr Retter. »Oh«, setzte er hinzu, als sie erschrocken den Atem einsog, »du brauchst dich nicht vor mir zu fürchten. Ich bin blind.«

15

Wie Lynett wieder ans Tageslicht gelangte

Der blinde Fremde zog ein Gefäß mit einem kostbaren Stärkungsmittel aus einer Felsspalte hervor – wobei er sich, mit Händen und Füßen tastend und unter Zuhilfenahme eines unerklärlichen sechsten Sinnes, mit unfehlbarer Sicherheit bewegte. Der Trank war stark und cremig und wundervoll belebend – sowohl Nahrung als auch Getränk; und Lynett, die nackt am Feuer hockte und sich trotz der Zusicherung des Mannes noch immer ein wenig befangen fühlte, lebte allmählich wieder auf. Er redete mit ihr, jedoch immer wieder verlegen innehaltend, als sei er es nicht gewohnt zu sprechen.

»Man nennt mich Lucius«, sagte er.

»Lucius? – Das bedeutet doch – der aus dem Licht?«

»Ja, wenngleich ich schon lange hier im Dunkeln lebe. Meine Mutter taufte mich Lucius, als wir – als wir ins Dunkel kamen. Sie nannte mich nach dem Licht, weil sie hoffte, wir würden es beide wiedersehen.« Er seufzte. »Ich glaube, früher hatte ich einen anderen Namen. Ich erinnere mich an die Zeit, als ich noch sehen konnte und es noch hell um uns war. Ich weiß nicht mehr, wie alt ich damals war. Da war ein böser Mann, irgendwo dort oben«, er deutete vage in die Höhe, »der meine Mutter und mich einsperrte, weil sie ihm nicht zu Willen sein wollte. Lange, lange Zeit waren wir im Dunkeln eingesperrt.«

»Hieß er vielleicht Bagdemagus?« fragte Lynett.

»Ach nein – soviel weiß ich noch. Er nannte sich Breuse Saunce Pitié.«

Lynett seufzte erleichtert. Bagdemagus abermals zu vergeben, hätte sie nicht über sich gebracht.

Der Blinde fuhr fort: »Er zeigte mir und meiner wunderschönen Mutter gegenüber keinerlei Mitleid. Lange, lange Zeit harrten wir dort in der Finsternis aus – bis ich aufgrund der Dunkelheit und des Hungers erblindete und meine Mutter starb.«

»Allmächtiger Gott!« rief Lynett aus. »Und wie lange dauerte dieser Zustand an?«

»Ich weiß es nicht. Dort unten hatten wir keine Möglichkeit zu bestimmen, wieviele Tage, Wochen oder Monate verstrichen waren. Ich weiß noch, daß meine Mutter Striche in die Steinmauern unseres Verlieses ritzte; doch ich verstand sie nicht zu deuten, nicht einmal zu Anfang, als wir noch ein Binsenlicht hatten. Ich weiß bloß, daß ich heranwuchs. Und als ich sah, daß sie tot war, entwischte ich über dunkle Gänge, denn unsere Bewacher hatten in der Annahme, ich sei ebenfalls tot, die Tür offen gelassen – und so floh ich, damals schon blind, und gelangte in eine Welt der Höhlen und Tunnel und unterirdischen Flüsse. Ich lernte, für mich selbst zu sorgen und mich in der Dunkelheit zurechtzufinden. Hier brauche ich meine Augen nicht, denn ich kann tasten, hören und riechen und – ja, ich vermag Dinge sogar zu erspüren, ohne sie anzufassen. Natürlich bin ich nicht durch die Stromschnelle hierher gelangt, sonst hätte ich nicht überlebt. Es gibt noch andere Wege. Die Stromschnelle entdeckte ich erst später. Mittlerweile kenne ich alle Wege. Irgendwann gelangte ich zum Höhlenausgang, und dort fand ich meine Amme.«

»Eure – Amme?«

»Ja, meine Amme ist eine gute Frau. Ich werde dich bald zu ihr bringen, und sie wird ebensogut für dich sorgen wie für mich. Sie lebt zwischen der Finsternis und dem Licht. Sie hat mich ins Licht hinausgeholt, auf daß ich mich im Sonnenschein kräftige. Ich spüre ihn, obschon ich ihn nicht sehen kann – und dann sitze ich im Garten meiner Amme und rieche die Blumen und höre die Vögel und fühle, wie sich die Schmetterlinge ganz sachte auf meiner Hand niederlassen. Aber ich gehe nicht oft in die Welt des Lichts. Es ist – zu schwierig für mich. Hier im Dunkeln bin ich zu Hause, hier kenne ich mich aus; wenn ich in der Welt des Lichts den Garten meiner Amme erst einmal hinter mir gelassen habe, sind dort fremde Menschen und Hunde und andere Tiere, und damit – komme ich nicht zurecht. Doch dies hier – ist mein Königreich.«

Er lachte, erhob sich und rannte mit federnden Sprüngen in die Dunkelheit hinein, wobei er einen durchdringenden Pfiff ausstieß, als orientiere er sich wie eine Fledermaus am Echo. Er verschwand in der Tiefe der Höhle, und nach einer Weile kehrte er zurück und setzte sich neben sie.

»Nun aber komm – das heißt, wenn du ausgeruht bist und deine Kleider trocken sind. Ich bringe dich zu meiner Amme.«

»Wie heißt deine Amme?«

»Sie sagt, sie habe keinen Namen, sondern man solle sie einfach Dienerin der Weißen Göttin nennen; manche nennen sie auch Candida; andere meinen, sie sei die

Höhlenhexe, doch ich weiß, daß sie keine Hexe ist. Wiederum andere nennen sie Sybilla. Für mich ist sie meine Amme.«

Lynett legte mühsam ihre nur teilweise getrockneten Kleider an – klebriges Leder und durchnäßte Wolle – und folgte dem Blinden.

»Du brauchst eine Fackel«, sagte er, nahm einen teergetränkten Stock aus einem Versteck und reichte ihn ihr. »Ich verwahre hier ein paar für den Fall, daß mich meine Amme besuchen kommt. Sie ist auf ihre Augen angewiesen, genau wie du.« Er entzündete die Fackel am Feuer, dann versteckte er seine Sachen an markierten Orten unter Steinen und löschte das Feuer sorgfältig mit Sand. Sodann ergriff er einen langen, dünnen Stab und schwenkte ihn vor sich, jedoch ohne damit umherzutasten – denn wie er gesagt hatte, war er in seinem dunklen Königreich wirklich zu Hause. Von der kleinen Fackel beleuchtet, schritt er Lynett geschmeidig voran und geleitete sie durch trüb erhellte Gewölbe und Gänge.

Nach langem Umherwandern blieb er stehen und hob die Hand.

»Hier müssen wir anhalten«, sagte er. »Blicke in die Richtung, in die ich zeige. Dort befindet sich der Schrein der Weißen Göttin, der meine Amme dient. Dort steht ihr Bildnis. Man sagt, ihr sei eine eigentümliche Schönheit zu eigen.«

Lynett leuchtete mit der Fackel in die Richtung, in die er zeigte. Dann schrie sie auf – denn ihr bot sich ein abscheulicher Anblick.

Dort stand ein gewaltiger Stalagmit, welcher entweder von selbst die Form einer Frau angenommen hatte oder von Menschenhand zurechtgehauen worden war –

»nackt wie ein Tier« ging es Lynett durch den Sinn. Eine Nackte, der es jedoch an Schönheit mangelte, welche ihre Nacktheit hätte kaschieren können. Brüste und Geschlecht waren derb überzeichnet. Die Frau war alt, das Fleisch erschlafft, gräßlich anzusehen. Das Gesicht, wenn man überhaupt von einem Gesicht sprechen konnte, war abgewandt. Die sündhafte, erschlaffte Gestalt schimmerte unheimlich im Fackelschein.

»Aber das ist widerwärtig!« rief Lynett aus. Als der Blinde sich ihr zuwandte, lag stummer Vorwurf in seinen blassen, blicklosen Augen.

»Das solltest du nicht sagen. Ich habe ihre Gestalt nie betastet, denn niemand darf sie berühren – aber meine Amme hat es mir gesagt. Dies ist die Allmutter. Sie besitzt vielerlei Gestalt, und so wurde sie von den Menschen der Vorzeit gesehen. Man sieht ihr Geschlecht, das andere Frauen verbergen, denn um dessenwillen verehrt man sie. Sie hat uns alle geboren und gebärt noch immer, und sie nährt uns aus ihren Brüsten. Und sie ist alt, wahrhaft alt – sie existiert seit dem Anbeginn der Zeit, Seite an Seite mit dem Vater. Sie hält uns alle am Leben, unter der Macht des Vaters.«

Es war so still, daß Lynett meinte, er müsse ihr Schaudern spüren.

»Du darfst keine Angst vor ihr haben. Meine Amme hat mir viel über sie erzählt. Sie hat viele Gesichter, sagt man, und ich werde keines von ihnen jemals sehen – doch es heißt, wenn sie sich zeige, sei ihre Stimme lieblich und sanft.«

Die Figur war von einem Ring aus flachen Steinen umgeben, und auf den Steinen bemerkte Lynett Opfergaben – kleine Blumensträuße, einige verwelkt, andere frisch; Milch und Honig in irdenen Schalen, ein paar Brotfladen, eine Handvoll süßer Beeren. Im Vorbeigehen führte der Blinde die Finger an die Lippen und warf dem Bildnis eine Kußhand zu. Lynett aber wandte den Kopf ab und bekreuzigte sich verstohlen.

Sie gingen weiter, und als sie um einen Felsen bogen, erblickte Lynett zu ihrer Überraschung einen Lichtschimmer. Er schien näher und näher zu kommen, und sie begriff, daß sie bald den Höhlenausgang erreicht hatten. Sie traten durch eine Art Torbogen in eine tief eingeschnittene Spalte, hoch über sich der Himmel. Es war lange her, seit Lynett zum letztenmal das Tageslicht gesehen hatte. Blinzelnd löschte sie die Fackel. Der Blinde ging weiter und schwenkte weiterhin den Stab; für ihn hatte sich schließlich nichts geändert.

Ein primitiver Gewölbebogen, wahrscheinlich von Menschenhand aus großen Steinen gefügt, überspannte die Spalte; sie traten in den warmen Sonnenschein hinaus, in Vogelsang und Bienengesumm.

Sie befanden sich in einer tiefen Schlucht, die breit genug war, um die Sonne hereinzulassen; die Hänge waren dicht mit Brombeersträuchern und Farn bewachsen, und es gab auch andere kleine Büsche und einzelne Flekken Gras. Und in den Hang hineingebaut, die Rückwand bildete der nackte Fels, stand da eine kleine Hütte, teils aus Stein, teils aus Holz und Stroh errichtet, und aus dem Abzugsloch stieg Rauch empor, und ringsum lag ein kleiner Garten. Es gab ein Gemüsebeet, ein Apfelbaum trug erste Frucht, am Rand blühten Sommerblumen, und drei strohgedeckte Bienenstöcke vibrierten vom Gesumm der Bienen; irgendwo hinter dem Apfelbaum gackerten Hühner.

Eine Frau trat aus der Hütte.

»Bist du es, mein Sohn?« rief sie mit angenehmer Stimme. »Oh, wen hast du denn da mitgebracht?«

Sie war groß und von außergewöhnlich graziler Erscheinung; ein langes, fließendes Gewand aus feinem weißen Leinen umhüllte sie von Kopf bis Fuß. Es schmiegte sich um ihr reines, ovales Gesicht und fiel ihr bis auf die braunen, bloßen Füße. Auch ihr Gesicht war sonnengebräunt und mit einem Netzwerk kleiner Fältchen überzogen, welche die glatten Linien ihres Gesichts jedoch nicht entstellten, sondern eher wie Risse in einem irdenen Gefäß wirkten. Ihr Mund war groß, die breiten Lippen gaben makellose Zähne frei, und ihre tiefliegenden Augen waren groß und strahlend blau. Ohne Zweifel war sie einst eine schöne Frau gewesen und war immer noch ansehnlich, wirkte jedoch zurückhaltend und in sich gekehrt. Ihre Bewegungen und ihre Sprechweise waren ruhig und ohne Hast.

Der Blinde antwortete ihr: »Amme, ich habe sie in der Höhle gefunden. Sie ist eine Edelfrau, und sie ist auf der Flucht vor einem Feind, genau wie ich damals. Amme, du mußt sie aufnehmen.«

»Aber das ist doch selbstverständlich«, sagte die Frau in dem weißen Gewand. »Tritt ein, meine Liebe.«

16

Von der Sibylle und der, der sie dient

Und so fand Lynett sich versorgt und wohlbehütet in der kleinen Hütte der Sibylle wieder, welche manche die Höhlenhexe nannten. Auf ruhige Nächte folgten ruhige Tage. Eile schien es nicht zu geben. Tatsächlich war Lynett nach allem, was sie durchgemacht hatte, so erschöpft, daß sie sich gerne umsorgen ließ.

Als sie einmal vor der Hüttentür saß, wo sich der Sonnenschein zwischen den hohen Wänden der Schlucht sammelte, bat Lynett die Sibylle, ihr ihre Geschichte zu erzählen.

»Ich war eine Landfrau wie alle anderen Landfrauen auch«, sagte die Sibylle, »bloß daß ich ein wenig mehr wußte als meine Nachbarinnen und begierig war, mehr zu erfahren über Pflanzen und Kräuter, die Jahreszeiten, Sonne, Mond und Sterne. Zudem hatte ich bisweilen Visionen – ich besaß das, was man als das zweite Gesicht bezeichnet. Keine angenehme Gabe, du solltest darum beten, daß du sie nie bekommst. Ich wurde vor fünfzehn Jahren verheiratet, blieb aber kinderlos; und dann starb mein Mann, und ich blieb allein zurück. Bald darauf erschien eine Frau an meiner Tür, sah mich an und sprach: ›Du bist es.‹ Daraufhin mußte ich alles zurücklassen und kam hierher. Denn ich war es.«

»Das verstehe ich nicht«, sagte Lynett.

»Ich war dazu auserwählt, der Weißen Göttin zu dienen. Denn seit jeher kümmert sich immer eine Frau um den Schrein in der Höhle, bewahrt die Worte und Geheimnisse und achtet darauf, daß die Macht der Weißen Göttin nicht in Vergessenheit gerät. Sie muß die Alte Weisheit hüten und im Gedächtnis behalten. Die Menschen kommen hierher, wenn sie Hilfe brauchen und krank oder verwirrt sind, und die Dienerin der Weißen Göttin muß sich ihrer annehmen.

Die alte Sibylle brachte mich hierher, zeigte mir das heilige Bildnis der Weißen Göttin und weihte mich in die geheimen Worte und andere Geheimnisse ein – sodann legte sie sich vor dem heiligen Bildnis nieder, faltete die Hände und starb. Ich bettete sie in derselben kleinen Höhle zur letzten Ruhe, in der sich auch die Gebeine ihrer Vorgängerinnen befinden, und baute die Wand wieder auf. Irgendwann werde ich wissen, daß auch für mich die Zeit gekommen ist, und dann werde ich mich auf die Suche nach der nächsten Sibylle machen und es ihr nachtun.«

Es entstand eine Stille, bis Lynett das Schweigen brach.

»Und Lucius ...?«

»Ach, Lucius. Eines Tages kam er aus der Höhle hervorgekrochen wie ein verirrtes wildes Tier – schmutzig, mit wirrem Haar, so verhungert, daß die Knochen beinahe die Haut durchstoßen hätten – er bewegte sich auf allen vieren und blickte mich mit großen blassen Augen an, ohne auch nur ein einziges Mal zu blinzeln, und da wußte ich, daß er blind war. Wie alt er damals war? Weiß der Himmel – vielleicht sieben oder acht – schwer zu sagen. Er erzählte mir, er und seine Mutter seien von einem verfluchten Schurken solange im Dunkeln eingekerkert worden, bis sie erblindeten und seine Mutter starb. Daß ein Mensch zu solcher Niedertracht fähig ist, du lieber Gott … Wie lange sie eingekerkert waren? Auch das ist schwer zu sagen, denn in der Dunkelheit vermag man Tag und Nacht nicht zu unterscheiden. Sie hatte ihn jedoch gut erzogen – möge die Allmutter ihrer Seele gnädig sein! Er war mit dem Christentum vertraut und kannte alte Hymnen und Gebete, Geschichten und Lieder, mit denen seine Mutter sich die Zeit vertrieben hatte. Nachdem die arme Frau gestorben war und er sich – niemand weiß wie – aus seinem Kerker in die Höhlenwelt geflüchtet hatte, lebte er dort im Dunkeln – wie ihm dies gelang, weiß Gott allein. Vielleicht haben ihm ja die Höhlengnome geholfen – es gibt solche Wesen, ich habe sie selbst gesehen. Jedenfalls lernte er, sich wie eine Fledermaus durch die Höhlen und auch durchs dunkle Wasser zu bewegen, ohne daß er das Augenlicht vermißt hätte. Mit dem Stab vermag er sich auch im Freien umherzubewegen, und ich dränge darauf, daß er dies tut, doch es ist ihm fremd. Er ist im Dunkeln zuhause, und ich glaube, er orientiert sich dort ganz ähnlich wie die Fledermäuse anhand von Echos.«

Sie verstummte, als Lucius sich ihr durch den kleinen Garten näherte und sie umarmte.

»Amme«, sagte er, »ich bin auf den Wegen umherspaziert – sieh mal, was ich dir mitgebracht habe! Wie lieblich sie duften …« Und er drückte ihr einen Strauß Glokkenblumen und rosa Feuernelken in die Hand. »Und das ist für dich.« Er legte auch Lynett einen Strauß auf den Schoß. »Ich glaube, sie sind blau und rosa, wenn ich mich recht erinnere.« Er betastete behutsam die Blüten. Lynett traten Tränen in die Augen.

Und so vergingen die Tage in der Hütte der Sibylle. Der Mai ging in den Juni und den Juli über, und die kleinen Äpfel am Apfelbaum wurden groß.

Bisweilen kamen Leute und baten die Sibylle um Rat – Landvolk aus den Dörfern und von den Gehöften, Frauen zumeist. Sie flüsterten mit ihr auf der Bank vor der Hütte. Manche brachten die Früchte ihrer Felder als Geschenk mit oder kleine Blumensträuße, andere aber kamen mit leeren Händen, und Lynett erlebte nie, daß eine Geld mitgebracht hätte. Die Sybille gab ihnen bisweilen ein Büschel Kräuter, ein Gefäß mit Kräutertrank oder einen Tiegel mit Salbe mit, immer aber segnete sie sie. Eines Tages hörte Lynett, wie sie die Stimme hob.

»Nein«, sagte sie, »nein und nochmals nein. Wenn dies dein Wunsch ist, wende dich an jemand anderen. Ich diene der Mutter des Lebens, nicht dem Tod.«

Lynett vebrachte viel Zeit mit Lucius. Wenn sie unter dem Apfelbaum im warmen Sonnenschein beieinander saßen, betrachtete sie ihn versonnen, wie er da auf dem verdorrten Gras ausgestreckt lag. Er war ein großer Mann und gut gebaut; seine Haut war sonnengebräunt, denn er war nur selten vollständig bekleidet, doch durch die Bräune schimmerte die eigentümliche Blässe hindurch, wie sie Menschen zu eigen ist, die lange eingesperrt waren, so daß er aussah, als bestünde er aus Elfenbein. Seine großen, leeren Augen waren hell und so klar, daß man kaum glauben mochte, daß sie nichts sahen; wenn er etwas hörte, blickte er in die Richtung des Geräuschs, als könne er tatsächlich sehen.

Ein seltsamer Mann, und sie brachte ihm seltsame

Gefühle entgegen. Einem wie ihm war sie noch nicht begegnet. All die Ritter, von denen sie so viele kennengelernt hatte und denen sie eine Schwester und Waffengefährtin gewesen war – die meisten von ihnen hatten dikke Gliedmaßen, ein gerötetes Gesicht, waren behaart und bargen kräftige Muskeln in ihren Panzern aus Leder oder Metall. Dann waren da noch die Priester, blasse, sanfte Wesen zumeist, blutleer vom vielen Fasten oder innerlich verdorrt und verbittert. Oder aber die Einsiedler, mager und alt, in sich gekehrt und heilig, ganz anders als die Sibylle. Und schließlich gab es noch die Bauern und die Räuber – dieser Mann aber, Lucius, war anders als sie alle. Sie dachte an die Männer, die ihr etwas bedeutet hatten – an ihren Vater und an König Artus, ja, selbst an Bagdemagus, so, wie sie ihn zunächst gesehen hatte, als er sich noch nicht an ihr vergangen hatte, denn jetzt ertrug sie es, an ihn zu denken. Für keinen hatte sie ähnliche Gefühle gehegt wie für Lucius. Jene Männer waren Anführer gewesen; Lucius aber war jemand, den sie beschützen wollte. Und Gareth? – ach, der geliebte, ritterliche Gareth – er hatte sie erschöpft mit seiner ständigen Demut und den Teufel des Widerspruchs in ihr geweckt, der sie bewog, ihn zu reizen und zu ärgern, um ihm eine Reaktion zu entlocken – ach, Lucius war ganz anders als Gareth. Und wenngleich sie ihn beschützen wollte, konnte sie doch nicht vergessen, wie er ihr Leben in Händen gehalten hatte, dort unten in dem fürchterlichen unterirdischen Fluß. Er war kein Schwächling, kein Kind. In seinem Reich war er der Herr.

Hin und wieder ging er mit ihr in dunkler Nacht im Wald spazieren, schritt vor ihr her und schwenkte den

Stab, während sie es kaum schaffte, sich durchs Dickicht vorwärts zu tasten. Bisweilen blieb er stehen und erklärte ihr jedes einzelne Rascheln, jeden Geruch. »Dort drüben sind Maulwürfe zugange – sie wenden die frische Erde um ... Links flüchtet sich ein Fuchs – oh, er ist weit entfernt – unterwegs zur Füchsin ... Und das da ist ein Rotkehlchen ... eine Eule auf der Weide, ja, sie hat etwas gefangen ... im Tal hat man Gras gemäht ...«

Eines Nachts wälzte sich zu ihrem Entsetzen etwas Dunkles, Pelziges aus einer Höhle hervor. »Rühr dich nicht«, sagte er, »das ist bloß ein Bär.« Das Wesen brüllte kehlig, und Lucius antwortete ihm mit grollenden Lauten. »Schon gut, alter Bursche. Du kennst mich. Wir sind Freunde. Zieh deines Weges, und gute Nacht.« Und der Bär wandte ihnen den Rücken zu und trollte sich durchs Gebüsch.

An all dies dachte sie, während er lang ausgestreckt zu ihren Füßen lag. Er richtete sich auf und rückte näher zu ihr.

»Darf ich dein Gesicht befühlen?« fragte er.

»Aber ja«, antwortete sie und saß ganz still, während er behutsam ihr Gesicht betastete. Seine Berührung löste ein unerklärliches Prickeln bei ihr aus.

»Ach«, rief er, »ich glaube, du bist sehr schön.«

»Ich bin nicht schön«, erwiderte sie. »Ich bin häßlich – ich war schon immer häßlich. Mein Teint ist blaß und gelblich, mein Haar ist schwarz wie die Nacht und so glatt wie ein Stück Leinen, meine Lippen sind schmal und farblos. Ich bin überhaupt nicht schön.«

»Aber meine Hände sagen mir, daß du schön bist«, beharrte er. »Ich weiß es. Ich weiß es. Ich wünschte, ich könnte dich sehen – aber was ist? Du weinst ja.«

Als sie an einem regnerischen Sommernachmittag am kleinen Feuer in der Hütte saßen, nahm die Sibylle einen langen Faden von der Spindel. Lucius hielt sich in den Höhlen auf. Lynett saß müßig dabei, die Hände im Schoß, denn sie verstand sich nicht aufs Spinnen.

»Mein Kind«, sagte die Sibylle, »irgend etwas bedrückt dich.«

Lynett zögerte, dann brach es aus ihr hervor: »Mutter Sibylle – erklärt mir eines – weshalb habt Ihr dem armen Jungen gesagt, die ... die Weiße Göttin in der Höhle sei schön? Sie ist widerwärtig und abscheulich.«

Die Sibylle ließ sich mit der Antwort Zeit – Lynett fürchtete bereits, sie habe sie verletzt, hätte es aber um nichts in der Welt über sich gebracht, unaufrichtig zu sein. Nachdem sie lange ins Feuer geschaut hatte, sagte die Sibylle: »Du mußt dies verstehen. Man kann die Weiße Göttin auf vielerlei Weise betrachten. Lucius darf sie niemals mit eigenen Augen sehen, denn er ist ein Mann, und wenn ein Mann sie sieht, hat er sein Leben verwirkt. So ist das Gesetz. Ich aber habe ihn gelehrt, mit dem Herzen zu sehen.

Die Menschen, welche die Weiße Göttin als erste entdeckten und sie vielleicht formten – es müssen Frauen gewesen sein, und falls ihnen ein Mann dabei half, so haben sie ihn anschließend sicherlich getötet. So ist das Gesetz. Die, welche sie entdeckten vor langer, langer Zeit – sie haben sie als das erkannt, was sie ist. Sie ist die Mutter – die älteste aller Wesenheiten mit Ausnahme unser aller Vater. Sie empfängt und gebiert uns, sie nährt uns und nimmt uns in sich auf, wenn wir sterben, sie sendet uns abermals aus. Sie bringt die Frau zum Manne, die Hirschkuh zum Hirsch, das Schaf zum Bock. Ohne sie gibt es kein Leben. So wurde sie gesehen – die Brüste, die uns nähren, die Pforten der Geburt, durch die wir alle hindurch müssen. Glaubst du, sie wußten, was Schönheit und Anstand bedeutet? Soviel ich weiß, fertigten die Menschen in anderen Ländern und in späteren Zeiten entsprechend ihrer Sichtweise Bildnisse von ihr an, und einige davon waren wunderschön. Dieses aber, mein heiliges Bildnis, das Ausdruck ist ihrer Macht, ist viel, viel älter. Ihren Entdeckern kam es nicht auf Schönheit oder Häßlichkeit an, sondern bloß auf das, was sie ist. Auf die Geschlechtsteile, welche sterbliche Frauen verbergen, nicht aus Abscheu, sondern aus Verehrung. Und ihr Alter – weshalb sollte sie nicht alt sein? Gleichwohl habe ich sie in Visionen auch schon in ewiger Jugend auf den Hügeln wandeln gesehen.

Viele Menschen fürchten sie – manche Männer haben sie so sehr gehaßt, daß sie ihr Bildnis am liebsten zerstört hätten. Frauen aber sollten sie nicht fürchten. *Du* solltest sie nicht fürchten.«

17

Wie Lynett zu nah beim Tod die Liebe fand

Komm mit, ich möchte, daß du mein Königreich siehst«, sagte Lucius.

»*Sehen?*« wiederholte sie behutsam.

»Ja – du kannst Fackeln mitnehmen, wie meine Amme es immer tut. Sie sagt, der Anblick sei wunderschön, und ich weiß, es ist ein wundervoller Ort. Komm, ich zeig ihn dir!«

Und so brachen sie auf, und Lynett nahm eine Tasche voller in Pech getauchter Kieferspäne mit, welche die Sibylle stets bereithielt. In der ersten Höhle brannten Lampen vor der Weißen Göttin, das Bildnis selbst aber hatte die Sibylle mit einem Schleier verhüllt. Lynett enthielt sich einer Bemerkung, als sie daran vorbeikamen, er aber spürte ihre Gegenwart und erwies ihr seine Verehrung, wie er es gewohnt war.

Er zeigte ihr eine wundersame Welt. Einen Teil davon kannte sie bereits, doch damals war sie in Not gewesen, verängstigt und erschöpft; erst jetzt vermochte sie die unheimliche Schönheit zu würdigen. Grotte folgte auf Grotte, Höhle auf Höhle, voller funkelnder Stalagtiten, gold- und rosafarben, silbrig, schwarz und weiß – wie Elfenbein und Fleisch und Blumen, und dann wieder wie Schnee oder schwarzer Samt. Immer weiter führte er sie. Sie gingen bis zum Rand des Flusses, aus dem er sie gerettet hatte, und lauschten dem gespenstischen Tosen.

»Das Wasser ist gefährlich«, sagte er, »aber ich vermag es zu meistern. Es gefällt mir, weil es gefährlich ist. Ich schwimme zum Vergnügen darin, und auf diese Weise habe ich dich gefunden. Aber ich kann nur stromabwärts schwimmen – gegen die Strömung schafft es niemand. Es gibt einen Weg am Ufer, siehst du, der bis zur Quelle führt – das Wasser springt dort aus einer schmalen Felsspalte hervor. Dorthin gehe ich und lasse mich dann bis hierher treiben. Deshalb war ich zufällig zugegen und habe dich im Wasser gespürt – bevor ich dich berührte ... Nein, hier sollten wir nicht schwimmen. Da kenne ich einen besseren Ort.«

Sie kamen an eine Stelle, wo das Wasser warm war und im Fackelschein dampfte. »Großer Gott, Schwefel!« rief sie aus. »Das müssen die Pforten der Hölle sein!«

»Aber nein«, erwiderte er lachend. »Ich kenne die Schwefeldämpfe. Hier unten gibt es ein Reich des Feuers und Feuergeister, wie mich meine Amme gelehrt hat, jedoch keine bösen Geister. Dann würde es sich hier anders anfühlen. Nein, hier ist nicht die Macht des Bösen am Werk. Dies alles gehört dem Reich der Allmutter an. Hab keine Angst.«

Er führte sie am Rand des warmen Wassers entlang; bald darauf weitete sich der Weg zu einem gewaltigen Höhlengewölbe, und im Fackelschein erblickte Lynett einen klaren See von eigentümlich edelsteinartiger blauer Farbe. Sie bückte sich und tauchte die Hand hinein. Das Wasser war angenehm warm. Der weiße, feine Sand war sauber und leuchtete blau im Fackelschein, der sich im Wasser spiegelte.

»Sieh nur!« rief er und sprang so vertrauensvoll wie ein Otter in einen Tümpel in das Wasser hinein. Er schwamm umher, tauchte unter und wieder auf wie ein Fisch. Lynett schaute ihm verwundert zu. Als die Fackel heruntergebrannt war, zündete sie eine neue an.

»An der Wand kannst du die Fackel festklemmen«, sagte er und ertastete die Stelle mit den Fingern. »Laß sie hier, und dann schwimm mit mir.«

Sie klemmte die Fackel wie geheißen fest, und nachdem sie sich noch einmal vergewissert hatte, daß er sie nicht sehen konnte, streifte sie die Kleider ab und sprang zu ihm ins Wasser. Sie konnte ausreichend gut schwimmen, um es zu genießen. Es gab kaum Strömung, und das milde, warme Wasser liebkoste ihre Haut. Er schwamm lachend auf sie zu, was melodische Echos wachrief, und faßte sie bei den Händen. Als er die Arme im Wasser um sie legte, spürte sie verwundert, daß ihr Körper auf seine Berührung reagierte.

Später lagen sie Seite an Seite im weichen Sand, und als die Fackel erlosch, wurde es dunkel. Wortlos rückten sie einander näher. Und dann endlich lernte Lynett die Freuden der Liebe kennen.

Nun brach für Lynett die bislang glücklichste Zeit ihres Lebens an. Sie liebte und wurde geliebt, und es gab nichts mehr, wovor sie sich hätte fürchten müssen. Mit ihrem wunderbaren Gefährten wandelte sie wie in einem Traum, ob im warmen Septemberwald oder in den glitzernden Höhlen, ob sie nun still am Feuer der Sibylle oder auf Buchenblättern saß oder am sandigen Ufer in seinen Armen lag.

Vor Alpträumen fürchtete sie sich nicht mehr. Alle Ängste und Spannungen, aller Haß und alle Bedrückung waren von ihr abgefallen, sie war gelöst und fühlte sich wie neu geboren.

»Du bist glücklich, mein Kind«, sagte die Sibylle, als sie die Äpfel unter dem Baum aufsammelten. Die Wände der Schlucht umschlossen sie, und der gegenüberliegende Hang lag in tiefem Schatten, doch die Sonne sammelte ihre Strahlen an der Seite, wo die Hütte stand, und erwärmte die dahinterliegende Felswand. Das trockene Gras ringsumher summte von Insekten, und die Herbstblumen leuchteten; kein Windhauch drang in den Obstgarten. Lynett und die Sybille füllten ihre Weidenkörbe mit Äpfeln; Lucius spazierte mit seinem Stab durch den Wald – die Sybille hatte ihm geraten, er solle Sonne speichern, solange er Gelegenheit dazu habe.

»Du bist glücklich, mein Kind.«

»Ja, ich bin glücklich.«

»Ich weiß. Dein Glück hüllt dich ein wie ein Gewand. Ich weiß, daß du und Lucius ein Paar seid.«

»Das – wißt Ihr?« Lynett setzte den Korb ab, lehnte sich an den Stamm und blickte der Sybille furchtsam ins Gesicht.

»Ja, ich weiß es. Wie sollte es auch anders sein? Ach, ich freue mich für dich und für ihn – ich bin froh, froh, froh!« Sie legte Lynett die Hände auf die Schultern. »Jetzt ist er ein Mann, und die bist eine Frau. Die Göttin hat euch gesegnet.« Sie seufzte schwer.

»Aber weshalb seufzt Ihr dann?« fragte Lynett. »Weshalb habt Ihr Tränen in den Augen?«

Die Sibylle wandte sich ab und ließ den weißen Schleier über ihr Gesicht herabfallen. Nach langem Schweigen sagte sie: »Warum muß ich euer Glück mit Bitterkeit vergällen? Doch ich muß es dir sagen. Irgendwann mußt du es erfahren.«

»Was erfahren?« rief Lynett gequält.

»Dies, liebes Kind. Er hat nicht einmal ein Jahr mehr zu leben.«

»Was?«

»Es ist so. Kein Kind hätte die Jahre der Dunkelheit und Einsamkeit unbeschadet überstanden. Er ist dem Tode geweiht.«

»Aber ...« Lynett hatte das Gefühl, ihr ganzes Glück stürze um sie herum ein. »Das kann ich nicht glauben – er ist so stark und so schön ...«

»Ja – die Göttin hat ihn in der kurzen Zeit, die ihm gegeben war, reich beschenkt. Als er heranwuchs, verlieh sie ihm Kraft, nun aber zerbröseln inwendig seine Knochen, und er beginnt zu vertrocknen und zu welken. Bisweilen hustet er, und seine Wangen sind gerötet. Das ist nicht die Farbe der Gesundheit, sondern die des Todes.«

»Ach, könntet Ihr nicht ... Ihr seid eine Heilerin und versteht Euch auf die Heilkunde – könntet Ihr ihn nicht heilen?«

»Meinst du, ich hätte es nicht versucht? Jedes Kraut, jede Medizin, jede Art von Magie – ich habe sie alle ausprobiert. Ich habe sämtliche Heilige und Reliquien angerufen. Auf Pilgerschaft kann ich nicht gehen, denn ich darf ihn nicht alleinlassen, und ihn von hier fortzubringen hieße, das Ende zu beschleunigen. Alles andere aber habe ich versucht. Einiges habe ich mit gesunder

Nahrung und Sonnenschein und ... und Liebe bewirkt ...« Ihre Stimme war tränenerstickt. Lynett schloß sie in die Arme, streichelte ihre knochigen Schultern unter dem Leinen.

»Wie lange noch?« flüsterte sie.

»Etwa ein Jahr, denke ich, wenn er gut auf sich achtgibt.«

»Und es gibt nichts, gar nichts ...«

Lynett hatte einen Einfall.

»Es gibt etwas, das ihn sicherlich heilen würde.«

»Ja?« Die alte Frau hob das traurige Gesicht.

»Der Heilige Gral.«

»Ach – der Heilige Gral. Wenn man den finden könnte ...«

»Die Ritter, in deren Gesellschaft ich reiste – König Artus' Ritter –, waren entschlossen, ihn zu suchen. Sie hatten ihn einmal kurz in Camelot erblickt. Und unterwegs sahen wir im Wald eine Prozession mit dem Heiligen Hirsch, aber nur von weitem. Doch sie sprachen davon, sich eines Tages auf die Suche zu machen.«

»Und du? Willst du ihn suchen?«

»Damals sagte ich, ich würde ihn gern suchen, doch die Ritter meinten, dies sei nichts für eine Frau – jedenfalls dann nicht, wenn die Frau keine Jungfrau mehr sei.«

»Und hast du ihnen geglaubt?«

»Natürlich.«

»Ach, Kind, es gibt Dinge, von denen du nichts weißt.«

»Wollt Ihr damit sagen, ich, eine sündige Frau ...«

»Deswegen solltest du dir keine Sorgen machen. Deine große Sünde ist dir vergeben, weißt du das denn nicht?«

»Meine große Sünde? Aber ... ich bin eine Ehebrecherin und keine Jungfrau ...«

»Der Mann, der dir die Jungfräulichkeit geraubt hat, ist tot, und deine Ehe wurde nur dem Namen nach vollzogen – das hast du mir selbst erzählt. Nein, deine große Sünde bestand darin, nicht zu verzeihen, und diese Sünde ist bereut, vergeben und vergessen. Du hast selbst gespürt, daß es so ist. Laß dir von keinem Mann einreden, du wärst ungeeignet, den Gral zu suchen.«

»Aber ...« Eine schreckliche Erinnerung stürzte auf sie ein. »Ich habe Euch doch gesagt, er habe mich zu einem Meineid gezwungen. Ich habe meine Seele der ewigen Verdammnis überantwortet.«

»Meine Liebe, glaubst du etwa noch immer, Gott würde eine solche Schuld einfordern? Obwohl du in Lebensgefahr schwebtest und genötigt wurdest, wie man nur genötigt werden kann? Nein. Vergib uns unsere Schuld, wie auch wir vergeben unseren Schuldigern. Denk nicht mehr daran.«

Sie hob den Korb mit den Äpfeln hoch und wandte sich zur Hütte.

»Ja«, sagte Lynett. »Ich glaube, ich werde mich um Lucius willen auf die Suche nach dem Gral machen. Und außerdem bin ich Artus' Botin. Ach, liebe Mutter, ich hätte nicht so lange hier bleiben dürfen ... Jedenfalls muß ich nun aufbrechen ... Weiß er, wie es um ihn steht?«

»Ja, er weiß Bescheid. Er lebt so nahe an der Grenze zum Jenseits, daß ihm die Aussicht, bald sterben zu müssen, wohl nur wenig bedeutet – erst in letzter Zeit, seit er dich gefunden hat ...«

»Ich werde fortgehen. Ich werde fortgehen und den Gral finden, und dann kehre ich zu ihm zurück und bringe ihm Gesundheit und ein langes Leben.«

Sie erzählte es ihm, als sie auf dem warmen Höhlensand lagen, der ihnen mittlerweile ebenso vertraut und teuer geworden war wie ein Ehebett.

»Deshalb muß ich aufbrechen, mein Lieber. Aber ich komme wieder, und dann bringe ich dir ein sicheres Heilmittel mit.«

»Vielleicht könntest du mir auch die Sehkraft zurückbringen«, sagte er. »So gerne würde ich dich einmal sehen.«

Beinahe hätte sie vor Schreck laut geseufzt.

»Bestimmt, mein Lieber, wenn es irgend geht. Aber – vielleicht würde ich dir ja gar nicht gefallen, wenn du mich sehen könntest. Glaub mir, ich bin nicht schön.«

»Doch, das weiß ich«, beharrte er. »Und ich weiß auch, wie eine schöne Frau aussehen sollte. Ich erinnere mich noch, wie meine Mutter aussah, bevor das Unglück begann – ja, ich erinnere mich an sie und all die schönen Damen. O ja, ich weiß, du bist schön. Ach, bitte das Heilige Gefäß doch auch darum, daß es mich wieder sehend macht!«

Sie blickte an ihm vorbei in die Tiefe der Höhle, wo die Stalaktiten im trüben Fackelschein funkelten, der ihr mittlerweile vollauf genügte. Von ihm gesehen werden! Nein, das wäre unerträglich. Die Enttäuschung in seinen Augen, und dann sein Sich-Abwenden, wenn er die Wahrheit wüßte – o nein. Und dennoch, er würde nicht nur sie sehen wollen. Sondern auch Blumen und Bäume, Sonnenaufgang und Sonnenuntergang, den weiten Himmel – konnte sie ihm dies alles vorenthalten, bloß weil sie sich davor fürchtete, von ihm gesehen zu werden?

Sie küßte ihn auf die geschlossenen Lider. »Ich gehe, und wenn ich kann, bringe ich dir die Sehkraft zurück«, sagte sie.

18

Vom Aufbruch der Gralssucher

Sie kamen ihr an der Wegbiegung entgegen, von der man von ferne die Türme von Camelot sah – Lanzelot, Parzival und Bors auf ihren großen Pferden; Lynett, die barfuß in einem braunen Kittel die Straße entlangkam, rannte ihnen entgegen. Im nächsten Moment waren sie abgesessen und umdrängten Lynett voller Neugier.

»Brüder, ach Brüder …«

»Unsere Lynett – unsere Falkenfeder – wo habt Ihr die ganze Zeit gesteckt?«

»Wir hielten Euch für tot und haben um Euch getrauert«, sagte Bors.

»Bis heute morgen, als wir erfuhren, daß Ihr auf dem Weg hierher wärt«, sagte Lanzelot.

»Ihr habt mich erwartet? Woher wußtet Ihr Bescheid?«

»Durch Jeanne«, antwortete Bors. »Seit Tagesanbruch flattert sie auf ihrer Sitzstange und schreit. Wir konnten sie nicht mitbringen, da sich keiner von uns traut, sie zu halten, nicht einmal dann, wenn sie eine Haube trägt – sie hätte sich losgerissen. Aber sie erwartet Euch.«

»Außerdem hatte ich einen Traum«, meinte Parzival.

»Und ich habe es gespürt«, sagte Lanzelot.

Lynett blickte von einem zum anderen. »Aber wo ist Gwalchmei?«

»Ach, der arme Gwalchmei«, sagte Bors. »Er fiel im Kampf, als wir Euch aus den Augen verloren. Es war, als stünden wir unter dem Bann eines Zaubers – wir träumten von einem Palast und einer hohen Dame, und dann auf einmal wachten wir auf, und Bagdemagus' Spießgesellen fielen über uns her, und Ihr wurdet fortgezerrt – wir griffen sie an, sie aber schlugen uns zurück – und Gwalchmei wurde getötet.«

Lynett erbleichte.

»Aber doch nicht Gwalchmei? – Ach, Gwalchmei ...« Sie sank am Wegesrand nieder und barg das Gesicht in den Händen.

Gwalchmei – er hatte sich für sie geopfert. Am schlimmsten und schändlichsten aber war, daß sie die ganze Zeit über nicht an ihn gedacht hatte. Sie hatte sie alle vergessen gehabt, und einer von ihnen war für sie gestorben.

»Schwester, keine Tränen«, sagte Parzival mit einem harten Funkeln in den hellen Augen.

»Wir sind alle Ritter, Schwester, und der Tod ist unser Geschäft. Ihr habt dem Tod auch schon früher ins Auge geblickt, ohne zu weinen. Gwalchmei ist so gestorben, wie ein Ritter sterben sollte und wie er es sich gewünscht hätte.«

Sie sah zu ihm auf, und das wirre Haar hing ihr ins tränenüberströmte Gesicht.

»Er war unser Waffenbruder. Er war – Gwalchmei, und wir kannten ihn. Er gab sein Leben beim Versuch, mich zu retten.«

»Ich hätte Euch für tapferer gehalten«, meinte Parzival. »Aber eine Frau bleibt schließlich ...«

»Parzival, es reicht!« rief Bors und brachte ihn mit

einem Blick zum Schweigen. Lanzelot schwieg, reichte Lynett aber die Hände und zog sie behutsam auf die Beine; dann barg er ihren Kopf an seiner Schulter und ließ sie sich ausweinen. Nach einer Weile flüsterte er: »Ihr habt Euch verändert, Lady.«

»Ja, ich habe mich verändert.«

Sie blickte die Ritter traurig an.

»Dereinst wart Ihr ein vollständiges Geviert, die Säulen eines Hauses. Jetzt sind es nur noch drei Säulen, und das Viereck ist zerstört.«

»Nein, wir sind immer noch vier«, entgegnete Bors, »jetzt, da Ihr zu uns zurückgekehrt seid. Und zu viert wollen wir die Suche beginnen.«

Sie brauchte nicht zu fragen, wonach sie suchen wollten.

»O ja, Brüder – ich werde Euch bei Eurer Suche begleiten – das heißt, wenn ... *falls* Ihr mich dabeihaben wollt.«

»Eine Frau?« sagte Parzival, und seine blassen Augen schauten noch immer kalt.

»Warum nicht?« entgegnete Lanzelot.

»Wir fragen Merlin«, meinte Bors, »und seiner Entscheidung wollen wir uns beugen.«

Artus gab widerstrebend seine Zustimmung. Es kam immer wieder vor, daß einzelne Ritter sich zur Suche nach dem Gral berufen fühlten, einer Art heiligen Pflicht, an deren Ausübung niemand sie hindern konnte noch sollte. Doch nur wenige kehrten zurück.

Sie standen vor Merlins Kammer, der in der Burg ein abgeschiedenes, hoch gelegenes Turmzimmer bewohnte. Zu viert standen sie vor der Tür, und Lanzelot klopfte.

»Herein!« ließ Merlin sich vernehmen, und mit feierlichem Ernst öffneten sie die Tür und traten ein. Merlin, bekleidet mit seinem üblichen Gewand, erhob sich, um sie zu begrüßen; der Raum wurde allein von einem Feuer erhellt, dessen Schein auf den Zauberer fiel, jedoch kaum enthüllte, was sich in den dunklen Zimmerecken befand.

»Wir vier«, sagte Lanzelot im Namen aller, »haben Artus' Erlaubnis, nach dem Heiligen Gral zu suchen.«

»Vier Ritter?« fragte Merlin, als sie vor ihm Aufstellung nahmen.

»Drei Ritter und – und eine Dame.«

»Ha, eine Dame?« rief Merlin verwundert aus. Er beäugte sie im unsteten Feuerschein. »Tretet näher, Lady. Ach, Ihr seid es. Das hätte ich mir denken können.«

Er streckte seinen langen, weißbekleideten Arm aus und zog Lynett zu sich. Sie sträubte sich nicht. Er legte ihr die Hand auf die Schulter und blickte sie forschend an.

»Ja«, sagte er schließlich mit leiser Stimme, so daß sie allein ihn hören konnte. »Ihr seid bereit. Alles ist gut. Brecht auf und habt keine Angst. Ihr habt es begriffen, nicht wahr?«

Sie nickte. »Ja, ich habe es begriffen.«

Parzival, der dicht hinter ihr stand, sagte: »Meister Merlin – sagt uns eines – dürfen wir wirklich eine Frau in unsere Reihen aufnehmen?«

Merlin blickte auf von Lynetts geneigtem Haupt und antwortete über sie hinweg: »Ja, Sir Parzival. Ihr dürft eine Frau in Eure Reihen aufnehmen. Wie Ihr wißt, müssen sich die Ritter, die sich auf die Suche nach dem

Heiligen Gral machen, stets zu viert sein, keiner mehr und keiner weniger. Hiermit ernenne ich Lynett zum vierten im Bunde. So soll es sein.

Und nun hört mich an.

Ihr müßt gemeinsam nach Westen reiten, denn dies ist die Richtung der Suchenden. Dann wird ein jeder ein Zeichen erhalten, das seinem Wesen gemäß ist, und diesem Zeichen muß er folgen. Ihr, Sir Parzival, habt das Zeichen des Wassers; Ihr, Sir Bors, das Zeichen des Feuers; Ihr, Sir Lanzelot, das Zeichen der Erde; und Ihr, Lady Lynett, das Zeichen der Luft. Die Zeichen werden Euch auf vier verschiedene Wege leiten, und keiner wird sein wie der andere, denn einem jeden Menschen ist von Gott und seinem Herzen ein eigener Weg vorgezeichnet. Am Ende aber werdet Ihr wieder zusammentreffen, und der Ort Eurer Zusammenkunft wird Carbonek sein. – Habt Ihr alle die Beichte abgelegt und die Heilige Kommunion empfangen?«

»Ja«, antworteten sie im Chor, und Lynett wunderte sich, daß Merlin, den sie immer für einen unchristlichen Menschen gehalten hatte, sich sorgte, ob sie das Heilige Sakrament empfangen hätten.

»So brecht denn auf, und Gott sei mit Euch«, sagte er.

Und so brachen sie auf und folgten der Straße, die von Camelot aus nach Westen führte. Und am zweiten Tag kamen sie durch eine Gegend mit kleinen, verdorrten Büschen, und in der Mittagssonne erblickten sie etwas golden Leuchtendes – ein großes, goldfarbenes Tier, das vor ihnen durchs Gebüsch streifte – einen Löwen.

»Ich wußte gar nicht, daß es hier Löwen gibt«, flüsterte Lynett Lanzelot erstaunt zu.

Lanzelot und Parzival griffen zu den Lanzen. Bors aber sagte: »Dies ist mein Zeichen, das Zeichen des Feuers ...« Und er trieb sein widerstrebendes Roß dem Tier entgegen. Der Löwe blickte sich um und setzte seinen Weg fort, als forderte er Bors auf, ihm zu folgen; und das Pferd verlor seine Angst und ging weiter, und Bors verschwand zwischen den niedrigen Bäumen.

»Er folgt seinem Zeichen«, seufzte Parzival.

Und am nächsten Tag gelangten sie zur Meeresküste und zu einem Damm, der am Strand entlangführte, und diesen Weg schlugen sie ein. Als nun die Flut kam und das Wasser anstieg, erblickten sie zwei Delphine, die in den Wogen umhertollten und Sprünge vollführten. Und Parzival warf die Rüstung ab, rief: »Das ist mein Zeichen, das Zeichen des Wassers!« und sprang ihnen nach. Lynett schrie auf und wäre ihm nachgehechtet, hätte Lanzelot sie nicht gewaltsam daran gehindert.

»Nein, meine Liebe«, sagte er, sie unnachgiebig festhaltend. »Es wird ihm nichts geschehen. Er befindet sich nicht in Gefahr und wird nicht ertrinken. Dies ist sein Zeichen, so wie der Löwe Bors' Zeichen war. Wir werden ihn wiedersehen.«

Nun ritten Lynett und Lanzelot zu zweit weiter, und schließlich schütteten sie einander in mancherlei Hinsicht ihr Herz aus. Lanzelot erzählte ihr von seiner glühenden Liebe zu Guinevere, und daß er hin und her gerissen gewesen sei zwischen Pflichterfüllung und Gefühl, bis er die Seelenpein kaum mehr ausgehalten habe, so daß er sich für das Abenteuer der Gralssuche entschieden habe, um Abstand zu gewinnen; deswegen aber fürchte er, den

Gral niemals gewinnen zu können, denn er wisse um die Unvollkommenheit seines Herzens. Und Lynett erzählte ihm ihre Geschichte und verschwieg ihm nicht einmal ihre Liebe zu Lucius.

»Und steht es etwa mir an«, sagte sie, »mich auf die Reinheit des Herzens und des Leibes zu berufen und nach dem Heiligen Gral zu suchen? Und dennoch muß ich es tun um der Liebe willen. Ach, Ihr, Lanzelot, seid doch gewiß kein schlechterer Mensch als ich. Wir wollen Mut fassen, wir beide ...«

»Ja, das will ich«, sagte er, »denn ich glaube, das dort drüben ist mein Zeichen.« Ein Stück weit rechts des Weges stand ein edler weißer Stier. »Das Zeichen der Erde«, sagte er. »Aber soll ich Euch wirklich ganz allein zurücklassen, Lynett?«

»Ich komme schon zurecht«, erwiderte sie. »Sorgt Euch nicht um mich. Auch ich werde wohl bald mein Zeichen erblicken. Ein Stier steht für die Erde, aber was ist das Zeichen für Luft?«

»Die Zwillinge«, antwortete er, »oder der Wasserträger. Und nun – seid Ihr auch sicher, daß Ihr zurechtkommen werdet? – sage ich Euch Lebewohl, verehrte Lady Lynett ...« Und er ritt dem weißen Stier nach.

19

Wie der Gral gefunden wurde

Nun war Lynett allein. Der Weg führte fort vom Strand und zwischen Sanddünen einher, und es war Mittag und warm und trocken, und die Sonne brannte herab, obwohl es Winter war. Der mit dürrem Heidekraut bestandene Sandstreifen zwischen Straße und Meer wurde breiter. Sonst gab es nichts zu sehen. Die Hitze wurde unerträglich, und Lynett und ihr Pferd ließen die Köpfe hängen. Dann durchbrach in weiter Ferne ein eigenartiger Gegenstand die Eintönigkeit der Dünen. Beim Näherkommen stellte Lynett fest, daß es sich nicht um eine Statue handelte, wie sie zunächst angenommen hatte, sondern um einen Jüngling in einer leichten Toga, der ein großes Tongefäß auf der Schulter trug. Als sie ihn erreicht hatte, neigte er den Krug nach vorn und ließ Wasser herausströmen. Wasser! Lynett wie das Pferd stürzten sich darauf – sie sprang aus dem Sattel und rannte auf den kühlen Strahl zu, und plötzlich ...

Ein Windstoß aus wolkenlosem Himmel, so heftig, daß er ihr Hals und Schultern peitschte und sie herumwirbelte – Wasser und Sand vermengten sich – die Zügel, die sie sich um den Arm gewickelt hatte, rissen, und als sie sich nach dem Pferd umblickte, war da nichts als ein wirbelnder Strudel ... Fort, immer weiter fort, der unerbittliche Wind toste durch ihren Kopf – sie wurde vorwärtsgeschoben, sie lief und rannte, vielleicht flog sie sogar …

Sie verlor jegliches Zeitgefühl – dann, nach einer scheinbaren Ewigkeit, flaute der Wind ein wenig ab, und sie wurde gewahr, daß sie über eine leere Straße ging, noch immer vom Wind getrieben, jedoch nicht mehr getragen wurde, und in der Lage war, sich umzuschauen. Sie war nicht mehr von kahlen Sanddünen umgeben, sondern von steinigem Boden und Bäumen, aber was für Bäumen. Weiße, gebleichte Gerippe, alle vom Wind in eine Richtung geneigt, an manchen Stellen von funkelndem Salz überkrustet. Große Bäume und kleine, die Überreste kleiner Büsche und ehemals ausladender, Schatten spendender Gewächse – und dort gab es auch Überreste von Mauerwerk und die Ruinen von Häusern – ein Dorf, ebenso trostlos wie die Bäume – auf der menschenleeren Straße das Gerippe eines Pferdes, eines Hundes – sogar das eines Menschen. Die Gerippe vieler Menschen. Und als sie weiterging, bemerkte sie, daß an manchen Knochen noch Fleisch hing – einige Gerippe trugen noch Kleidung – und, o Gott, manche regten sich sogar …

In diesem Moment nahm der Wind wieder zu und wehte dichten Nebel heran, und im Nebel waren Stimmen.

»Du hast ihm nicht wahrhaft vergeben – du haßt ihn immer noch – wie hättest du ihm auch vergeben können?«

Sie befand sich wieder in jenem Wald am Fuße der Buche und ertrug, was sie damals ertragen hatte – sie vernahm sein verächtliches Lachen, als er sie von sich stieß. Sie befand sich wieder in der Halle der Burg Hardy, und er sagte: »Stopft ihr das lose Mundwerk! Auf den Tauchstuhl mit der frechen Schlampe!« Und dann im Kerker unter dem Dach sein angewiderter Blick: »Nein, du bist nicht hübsch!«

Sodann legte er ihr Daumenschrauben an und ließ sie den fürchterlichen Eid schwören ...

Und dann rollten die Schwarzen Wesen auf sie zu, entfalteten sich und reckten Fuchsköpfe empor ...

Schreiend rannte sie vor dem heulenden Wind, und die Stimmen tönten unablässig weiter: »Du hast ihm nicht vergeben – du hast ihm nicht vergeben – und auch dir wird nicht vergeben werden, nie, niemals – die Zeit ist gekommen, da dich die Schwarzen Wesen holen ...«

In ihrer Verzweiflung dachte sie an Lucius, und auf einmal war in dem tosenden Wind so etwas wie Wärme und Zärtlichkeit. Und dann ein starkes Gefühl von Mitleid, Mitleid, das auch ihren Feind mit einschloß. Mitgefühl brach aus ihr hervor wie ein Schluchzen.

»Ach, Gott, vergib uns allen!« rief sie, und dann drehte sie sich um und wandte dem Wind das Gesicht zu. »Ich bin fertig mich euch, ihr Schwarzen Wesen!« sagte sie mit fester Stimme zu dem Sturm. »Ich habe ihm vergeben, und jetzt verschwindet und laßt mich in Frieden. Ich habe keine Angst vor euch. Das alles ist Vergangenheit, und ich bin frei.«

Und auf einmal legte sich der Wind, und es herrschte Stille. Das öde Land lag vor ihr ausgebreitet im Morgenlicht. Und jenseits der steinigen Ebene erhob sich eine Burg mit zahllosen Türmen, schwarz hob sie sich vor der aufgehenden Sonne ab, und da wußte sie, daß dies die Burg Carbonek war.

Lange, lange Zeit mußte sie über die trübselige Ebene

wandern, ehe sie endlich das Tor erreichte. Ein schwarzgekleideter Mann stand am Eingang, das Gesicht unter einer Kapuze verborgen.

»Ich bitte Euch einzutreten, wenn Ihr könnt«, sagte er. »Dies ist die Burg Carbonek im Ödland. Wenn es Euch gelingt, das darin verborgene Rätsel zu lösen und den König der Fischer zu heilen, dann dürft Ihr dem Ödland neues Leben bringen, und Euer Herzenswunsch wird erfüllt. Jedoch nur dann, wenn dies kein unwürdiger Wunsch ist.

Erde und Wasser haben Euch vor langer Zeit auf die Probe gestellt; die Luftprobe habt Ihr gerade erst bestanden; nun aber kommt das Feuer.«

Und in diesem Moment brach das Burgtor, das zu durchschreiten Lynett sich soeben anschickte, in Flammen aus.

»Durchschreitet das Feuer«, sagte der Kapuzenmann.

Lynett aber zauderte und wagte sich nicht weiter.

»Durchschreitet das Feuer«, wiederholte er. »Fürchtet Euch nicht – wenn Ihr Eurem Feind wahrhaft vergeben habt und nichts für Euch selbst verlangt, wird Euch das Feuer nichts anhaben.«

»Dann möge Gott mir helfen!« rief Lynett und schritt geradewegs durchs Flammentor. Sie schrie vor Schmerz, jedoch nur einen Moment, dann hatte sie das Feuer durchschritten und befand sich im Burginneren.

Ihr Haar knisterte noch, wo es mit den Flammen in Berührung gekommen war, und ihre Kleidung roch verbrannt, doch sie hatte es geschafft. Vor ihr lagen die großen Steingewölbe der Burg Carbonek, und auf einmal fiel das Tor donnernd zu.

Ringsumher herrschten nun Düsternis und Stille. Von

irgendwoher kam trübes Licht, so daß sie undeutlich die imposanten dunklen Gewölbe erkennen konnte und ein Stück voraus eine weitere Tür, eine schwere Eichentür. Kein Mensch war zu sehen, keine Stimme zu vernehmen. Überhaupt nichts, was auf Menschen hingedeutet hätte – keine Bank, kein Bord, keine Waffe, kein Gefäß, kein Fenster noch irgendwelche Hinweise auf menschliche Tätigkeiten. Sie ging auf die Tür zu, und ihre Schritte tönten laut auf dem Steinboden. Als sie sich der Tür näherte, öffnete diese sich lautlos, ließ sie hindurch und schloß sich wiederum lautlos hinter ihr. Ihre Schritte hallten schrecklich einsam durch ein weiteres leeres Gewölbe, und da war wieder eine Tür – auch sie öffnete sich, dahinter war endlich ein schwaches Licht, und der Boden war mit einer Art Teppich bedeckt, der ihre Schritte verschluckte. Immer stiller wurde es – nur noch ihr Atem und ihr Herzschlag waren zu hören. Im schwachen, gräulichen Licht konnte sie gerade eben erkennen, wohin sie ihre Schritte setzen mußte, das war alles. Am liebsten hätte sie laut gerufen, um die grauenhafte Stille zu durchbrechen, doch sie tat es nicht. Sie ging weiter, mittlerweile keuchend, weil sie sich ihres eigenen Atems bewußt war – und gelangte nicht zu einer Tür, sondern zu einem schwarzen Vorhang. Er ließ sich beiseite ziehen, und dahinter lag ein trüb erhellter Raum.

Dünne Wachskerzen brannten in der unbewegten, von keinem Atemzug gestörten Luft. Mitten im Raum stand ein großes Bett, ein prunkvolles Bett mit zurückgezogenen Vorhängen, und in dem Bett lag ein Toter. Das friedvolle Gesicht hatte er zur Decke gewandt, die Hände über einem prächtigen, mit silbernen Stickereien verzierten Leichentuch aus schwarzem Samt auf der Brust gefaltet.

Ein alter Mann von angenehmer Erscheinung. Das weiße Haar war dicht und glatt, der weiße Bart kurz geschnitten; Hals und Schultern, die unter dem Leichentuch hervorschauten, waren unbekleidet.

Sie betrachtete den Toten, während sich ihr Herzschlag allmählich beruhigte und die feierliche, traurige Ruhe, welche ihn umgab, auf sie überging; und dann schrie sie auf – denn das fein gezeichnete wachsartige Gesicht löste sich vor ihren Augen auf, fiel in sich zusammen, verschrumpelte – Hals und Schultern, Arme und Hände trockneten aus, verwesten, verwandelten sich in ein Sehnengewebe – der ganze Leib zerfiel zu Staub und Knochen – bis vom Gesicht, das eben noch so schön gewesen war, nurmehr ein hohler Schädel übrig war, bedeckt mit einigen wenigen Hautfetzen und ein paar Haarsträhnen …

So sehr sie sich um Selbstbeherrschung bemühte, schrie sie doch auf – und dann traten von hinten Gestalten an sie heran, packten sie und legten sie neben dem Toten aufs Bett. Sie spürte seine Arm- und Halsknochen. Jemand zog ihr eine schwarze Kapuze übers Gesicht, und sie dachte bei sich: »Das muß der Tod sein … Ja, wenn das der Tod ist, dann soll es eben sein. Es ist gar nicht so schlimm, wie ich es mir vorgestellt habe.« Und sie wappnete sich innerlich.

In diesem Moment wurde sie hochgehoben, und um sie herum waren helle Lichter – sie wurde fortgetragen und auf die Füße gestellt.

Sie befand sich in einem großen Raum oder einem Saal, vielleicht in einer hell erleuchteten Kirche. Kerzen brannten an den bemalten und vergoldeten Wänden, und Weihrauchduft stieg empor. Sie stand hinter einer Art Altargeländer, und zu ihrer Verblüffung waren ihre drei Gefährten bei ihr – Parzival, Bors und Lanzelot.

Vor ihnen erstreckte sich eine tiefe Apsis nach Osten, und in der Höhe leuchtete ein Fenster in niegeschauten Farben; ein prachtvolles Gitter verdeckte den Blick in die Apsis, und vor dem Gitter stand ein schmales Bett, und auf dem Bett lag ein Mann, den Oberkörper auf Kissen gebettet. Er trug eine Krone und ein purpurfarbenes Gewand, war aber von der Hüfte abwärts mit Leinenbandagen umwickelt. Und dann erkannte Lynett voller Ehrfurcht und Entsetzen sein Gesicht – es war das Gesicht des Toten, der sich vor ihren Augen in ein Gerippe verwandelt hatte. Dieser Mann aber lebte, wenn sein Gesicht auch von Schmerz gezeichnet war, und in seinen tiefliegenden Augen glomm ein eigentümliches Licht.

Er sprach sie höflich an.

»Willkommen, Ihr Ritter und meine Dame«, sagte er. »Eigentlich solltet Ihr mich kennen – man nennt mich den König der Fischer. Vor langer Zeit habe ich mir eine schwere Hüftverletzung zugezogen, die nur von der Person geheilt werden kann, welche den Gral erringt. Ihr vier habt die Probe bestanden und steht im Begriff, den letzten Schritt zu tun. Hört nur!«

Sie vernahmen das Läuten eines Silberglöckchens, wie sie es vor langer Zeit bereits einmal im Wald vernommen hatten. Dann näherte sich vom anderen Ende des dämmrigen Raums die Prozession. Diesmal wurde sie nicht von einem weißen Hirsch angeführt, sondern von einem großgewachsenen, barhäuptigen Mann, welcher ein Kruzifix aus Gold und Elfenbein emporhielt. Die beim ersten Mal mit Kapuzen verhüllten Gesichter waren diesmal alle barhäuptig und unverschleiert – die singenden Jungfern, die Rauchfaßträger, die feierlich einherschreitenden Musikanten, die weißgewandeten Männer und Knaben – jeder der vier Gralssucher meinte, unter ihnen das Gesicht zumindest eines längst Verstorbenen auszumachen. Sehr feierlich und würdevoll schritt die Prozession einher. Die vier Männer waren da, und auch die vier heiligen Gegenstände, die sie mit sich führten, waren diesmal unverhüllt – ein Schwert, eine Lanze, von deren Spitze Blut tropfte, ein Kelch, der es auffing, und ein silbernes Tablett. Und schließlich kam die Jungfer, welche den Gral trug und als einzige verschleiert war. Sie hielt das Heilige Gefäß hoch erhoben, und auch dieses war mit einem Schleier bedeckt, doch Lynett hatte den Eindruck, es handele sich um eine edle Schale oder eine Schüssel, verhüllt mit einem eigentümlich gewirkten Tuch, als enthielte es die erlesene Speise eines hohen Herrn. Die Prozession schritt am König der Fischer vorbei, und Lynett hätte eigentlich erwartet, daß sie Halt machte und ihm das Heilige Gefäß darböte; aber nein, sie gingen weiter, und kein einziger Kopf wandte sich nach ihm um. Langsamen, feierlichen Schritts verschwanden sie hinter dem Gitter und in der Apsis, wo sie nicht mehr zu sehen waren; und die Jungfer mit dem Gral verschwand mit ihnen.

Als ihnen vor langer Zeit die Prozession im Wald begegnet war, hatte der Gral ein beseligendes Licht ausgesandt; diesmal war davon nichts zu spüren. Die Macht und Schönheit waren noch vorhanden, jedoch für die Zuschauer unzugänglich. Doch wenn sie nicht für den König der Fischer gedacht waren, für wen dann?

Es wurde still, als die Prozession verschwunden war. Der König der Fischer schwieg; die nahezu unsichtbaren Bediensteten schwiegen ebenfalls. Sie warteten. Auch die vier Gralssucher warteten und fragten sich, wie es weitergehen sollte. Irgend etwas wurde von ihnen erwartet. Lynett blickte die Ritter nacheinander an – sie waren gespannt, hingerissen, fanden aber keine Worte. Die Stille wurde immer lastender, und der König der Fischer ließ den Kopf hängen, als habe er die Hoffnung aufgegeben. Dann brach Lynett aus einem seltsamen Impuls heraus das Schweigen, erschrocken über ihre eigene Stimme.

»Zu wem bringen sie den Gral?«

Da war es, als täte die ganze Gesellschaft einen tiefen Seufzer der Erleichterung; der König der Fischer hob den Kopf, streckte die Hand aus und winkte sie näher.

»Gut gefragt, meine Tochter. Kommt, Eure Frage soll beantwortet werden.«

Er faßte sie bei der Hand, zog sie näher zu sich heran und flüsterte ihr einen Namen ins Ohr.

Dieser Name aber war so geheim, so heilig und mystisch, daß er nur von jenen ausgesprochen werden darf, denen er auf die rechte Weise und zur rechten Zeit mitgeteilt wird; keinesfalls darf er hier genannt werden. Denn dieser Name ist heilig und herrlich.

Sodann führten die hinter ihrem Rücken verborgenen Gestalten Lynett mit sanftem Druck fort, und sie schaute sich um, ob ihre drei Gefährten ihr auch folgten, doch eine Barriere aus überkreuzten Speeren hielt sie zurück. Bors hatte die Hände vors Gesicht geschlagen; Parzival schaute furchtsam drein; Lanzelot aber streckte die Arme über die Speere aus, als sei er entschlossen, ihr zu folgen. Dies aber war keinem von ihnen gestattet.

Man geleitete sie durch das Gitter und in die Apsis hinein, wo die Prozession verschwunden war; und dort wurde ihr der Gral enthüllt.

Anschließend – sie vermochte nicht zu sagen, wieviel Zeit verstrichen war –, brachte man sie in den großen Raum zurück, und dort sah sie ihre drei Gefährten wieder, welche um das Bett des Fischerkönigs herum knieten. In Händen hielt sie eine Schüssel, die ihr bisweilen wie eine schlichte Bronzeschüssel von der Größe zweier Handflächen vorkam, schmucklos bis auf die Verzierungen am Rand – und dann wieder meinte sie, das prächtige, wunderbare Gefäß zu halten, das sie hinter dem Gitter geschaut hatte. Darin lagen zwei Oblaten, zwei geweihte Hostien.

Kniend bot sie das Heilige Gefäß dem König der Fischer dar. Er streckte seine ausgemergelte Hand aus und nahm eine der Hostien heraus – die drei Ritter, welche ebenfalls knieten, schauten voller Ehrfurcht zu. Und als der König der Fischer die Oblate an die Lippen führte, nahm sein Gesicht auf einmal wieder Farbe an, und ein sanftes Leuchten ging von ihm aus. Behende erhob er sich von seinem Lager, die Verbände fielen von seinen Beinen ab, und nun sah man, daß er vollständig bekleidet war und eine prachtvolle Rüstung trug. Sein Gesicht war unversehrt, seine Augen blickten entschlossen, und die eben noch kraftlos zitternde Hand war fleischig und kräftig. Er reckte das juwelenbesetzte Zepter empor, das neben ihm gelegen hatte, und rief mit machtvoller Stimme: »Deo gratias!«

Und die Stimmen der unsichtbar Anwesenden nahmen den Ruf auf.

Die drei Ritter hatte man fortgeführt – Lynett wußte nicht, wie oder wann das geschehen war, und man hatte ihr keine Gelegenheit zum Abschied gelassen. Sie wußte bloß, daß sie am großen Tor der Burg Carbonek stand, neben sich den König der Fischer und in Händen noch immer das Heilige Gefäß.

»Jetzt ist Euer Gebet erhört worden«, sprach er, »und nun müßt Ihr aufbrechen. Tragt das Heilige Gefäß in Händen und geht so schnell Ihr könnt, dorthin zurück, wo man Euch erwartet.«

Sie blickte sich um – sie hatte jegliches Zeitgefühl verloren. Ein Frühlingstag neigte sich dem Abend zu. Die Pracht des Sonnenuntergangs färbte den Himmel, und die Pracht der Blüten und des frischen Laubs lag auf Hekken und Gehölzen; der Abendstern stand wie ein Juwel am Himmel.

»Geht immer geradeaus«, sagte er. »Seht – dort drüben liegt ein Hügel, auf dem ein Leuchtfeuer brennt. Behaltet das im Auge. Wenn Ihr die Kuppe erreicht habt, werdet Ihr einen runden Weiher sehen und dahinter einen weiteren Hügel. Geht auf diesen Hügel zu und achtet darauf, daß sich der Weiher und das Leuchtfeuer stets in einer Linie befinden – auf diese Weise haltet Ihr die Richtung bei und braucht weder Sümpfe noch Klüfte zu fürchten. Und so geht es weiter, Weiher und Hügel, Hügel und Weiher. Bei Tagesanbruch werdet Ihr die Höhle der Sibylle erreichen, und dann gebt Ihr das, was sich im Heiligen Gefäß befindet, dem Mann, für den Ihr es gesucht habt.«

»Dann ist es also gar nicht so weit?«

»Näher als Ihr dachtet. Auf dem Hinweg habt Ihr einen Teil der Wegstrecke im Land der Vorstellung zurückgelegt, und so wird es auch auf dem Rückweg sein.

Aber Ihr werdet es merken, wenn Ihr ins Land der Lebenden gelangt.

Sprecht mit niemandem und grüßt niemandem, dem ihr unterwegs begegnen mögt. Ihr werdet nicht müde werden und weder Hunger noch Durst verspüren, denn das Heilige Gefäß schenkt Euch Kraft.

Aber merkt Euch dies: Wenn Ihr bei Eurem Liebsten seid und ihm das Heilige Gefäß übergebt, hat er einen Wunsch frei, einen einzigen Wunsch und keinen mehr. Entweder sein Leben oder sein Augenlicht. Beides kann er nicht haben – und Ihr dürft nicht an seiner Statt wählen. Er muß sich allein entscheiden, und seine Wahl gilt.«

»Ist das – ist das wirklich der Heilige Gral?« fragte sie, denn nun kam ihr das Gefäß wie eine schlichte Bronzeschüssel vor.

»Habt Vertrauen – habt Ihr es nicht selbst gesehen?« Plötzlich funkelte das Gefäß vor lauter Gold und Edelsteinen in einem übernatürlichen Licht – dann war die ganze Pracht wieder verschwunden. Der König der Fischer bedeckte den Gral mit einem dunklen Tuch.

»Und jetzt geht«, sagte er und küßte sie auf die Stirn. »Im Namen Gottes!«

Und so brach sie auf und ließ die Burg Carbonek hinter sich – ohne sich ein einziges Mal umzuschauen, denn sie wußte, daß die Burg nicht mehr zu sehen wäre. Das Leuchtfeuer fest im Blick, machte sie sich auf den weiten Heimweg.

20

Der erfüllte Wunsch

Sie brach an einem heiteren Abend auf – an einem Abend voller Erwartung. Kein Lüftchen regte sich – der dunstige, rosig überhauchte Horizont schien auf etwas zu warten – worauf? Auf den Mondaufgang, den Frühling, auf Ostern? Sie wußte kaum, welcher Tag heute war. Vielleicht Karfreitag?

Welch ein Unterschied zu jenem Tag – wie lange war das schon her? –, als sie sich der Burg genähert hatte. Damals hatte sie ein tyrannischer Wind vor sich her getrieben. Jetzt regte sich kein Lüftchen. Da waren bloß Stille und Erwartung. Sie erinnerte sich noch verschwommen an den Herweg – er hatte durch eine öde Gegend geführt, durch eine Wüstenei voller kahler Bäume und Gerippe von Menschen und Tieren ... Allmählich erkannte sie die öden Orte wieder, doch nun waren sie in Veränderung begriffen. Als der rote Nachschein des Sonnenuntergangs verblaßte, ging ein sanftes, grünliches Leuchten von dem Heiligen Gefäß in ihren Händen aus, und wo das Licht hinfiel, schoß grünes Gras aus dem Boden, und das Leben breitete sich wellenförmig darum aus. Die kahlen Bäume nahmen die weichen Farben lebendiger Rinde an, und Knospen schwollen an den Zweigen, bereit, bei der ersten Berühung des Sonnenscheins aufzuplatzen. Im Geäst regten sich schläfrige Vögel, und hier und da blickte ein kleines Pelztier mit funkelnden Augen aus seinem Bau hervor. Als es dunkler wurde, kam nicht der Schlaf über das Land, sondern vielmehr eine atemlose Bereitschaft zu erwachen. Leben strömte in das Land ein, ein Leben, das nur auf die Morgensonne wartete. In den Fenstern der Gehöfte leuchtete warmes Licht. Ein Hund in einem Eingang (auf dem Hinweg war dort doch ein weißes Gerippe gewesen?) seufzte wohlig im Schlaf; und auf einer Weide stand friedlich ein Pferd. Am Wegesrand – wo zuvor blanke Knochen gelegen hatten – ruhten nun ein Mann, eine Frau und ein Kind, und Lynett sah, wie die Frau sich aufstützte, das Gesicht des Mannes berührte und leise zu ihm sagte: »Morgen ... Hoffnung, Hoffnung, Hoffnung!« Dann schlief sie wieder ein.

Auf der Hügelkuppe, wo das Leuchtfeuer brannte, rastete Lynett. Ja, da war der runde Weiher und funkelte schwach unter dem eindunkelnden Himmel, und dort war der nächste Hügel mit einer Steinpyramide darauf und dem nächsten Leuchtfeuer. Eingedenk der Worte des Mannes aus der Kirche ging sie weiter und achtete darauf, daß der Weiher und das Leuchtfeuer in einer Linie waren, und während sich die Nacht noch tiefer herabsenkte, schritt sie furchtlos aus, ohne auch nur einmal auf ihre Füße zu schauen. Und hinter dem nächsten Hügel lag die Welt der Erdenmenschen, das wußte sie.

Noch aber dauerte die Frühlingsnacht an, und als der Vollmond aufging, sah sie die schlafenden Pflanzen und Blumen ringsumher. Auch die segensreiche Wirkung des Grals hielt an, denn bisweilen kam sie an einem Bauernhaus vorbei, in dessen Fenster ein Licht leuchtete, und irgendwoher wußte sie, daß dahinter ein Kranker Heilung erfahren hatte.

Allmählich wandten sich ihre Gedanken wieder ihr selbst zu. Schon bald würde sie am Ziel sein, wieder bei Lucius, und ihm die Antwort auf seine inständige Bitte überreichen – auf seine Bitte, nicht die ihre. Einen Wunsch hatte er frei, einen einzigen – entweder längeres Leben oder das Augenlicht. Sie war ausgezogen, ihm Leben zu bringen – und wenn er nun das Augenlicht wählte?

Wenn er das Augenlicht wählte, dann würde er sich an der Welt des Lichts und der Farben erfreuen – für eine kurze Zeit. Und dann würde er sterben. Vielleicht würde ihm der Preis angemessen erscheinen, wenn er dafür eine Zeitlang die ganze Schönheit der Welt erfahren könnte. Schönheit! Ach, und er würde sie anschauen und erkennen, daß sie nicht schön war. Darüber konnte sie sich nicht hinwegtäuschen – und auch nicht ihn. Er erinnerte sich an seine Mutter und an deren hübsche Damen. Hübsche Damen! In dieser Beziehung ganz Frau, war Lynett wohl bewußt, daß ihr keine Zeit bleiben würde, sich das zerzauste Haar zu richten und das schmutzige Gesicht zu waschen, denn sie mußte mit dem Heiligen Gefäß sogleich zu ihm gehen. Ach, er würde sie sehen und sich dann abwenden. Er würde versuchen, seine Enttäuschung zu verbergen – doch wie kläglich sein Versuch ausfiele! –, sie hätte seinen ersten Blick wohl bemerkt. Die Erinnerung daran wäre alles, was ihr bliebe – hinterher, wenn er fortgegangen wäre.

Wenn er sich doch nur fürs Leben entschiede – und zwar blind wie er war! Wie gerne sie ihm ihr Leben widmen würde, ganz gleich, wie viele Jahre ihm noch blieben. Sie würde ihn umsorgen, ihn pflegen, an seiner Statt sehen. Vielleicht – ach, vielleicht würden sie sogar Kinder bekommen ... Sie war bereit, ihm alles zu geben, alles, nur nicht das Augenlicht.

Die Wahl aber mußte er treffen.

Weshalb hatte sie sich diese Bürde bloß aufgeladen? Hätte sie nicht alles so belassen können, wie es war? Und wenn sie ihm nun verschwieg, daß er die Wahl hatte? Wenn sie ihm sagte, sie brächte ihm Leben, ihn sehend zu machen aber vermöchte sie nicht? – Auf einmal sah sie wieder die Augen des Fischerkönigs vor sich, und das Heilige Gefäß in ihrer Hand bebte. Nein, das nicht ... Aber wenn es den Gral gar nicht gäbe? Wenn sie ihn nicht errungen hätte? – Dann würde er sterben, und zwar schon sehr bald. Aber bei seinem Tod würde er sie noch immer lieben und glauben, sie sei schön. Angenommen – dort unten im Tal sah sie den Turm einer kleinen, abgelegenen Kirche. Angenommen, sie stähle sich hinein und ließe das Heilige Gefäß auf dem Altar stehen, kehrte mit leeren Händen zu ihm zurück und sagte es sei ihr nicht gelungen, den Gral zu finden, sie sei gescheitert wie so viele vor ihr ...

Alles wäre wieder wie zuvor ...

Die Versuchung war mächtig, und sie blieb stehen, am ganzen Leib zitternd, während ihre Hände, welche die Schüssel hielten – jetzt nurmehr eine schlichte Bronzeschüssel –, krampfhaft bebten.

Nein – wie konnte sie bloß glauben, dann wäre alles wie zuvor? Nichts würde mehr so sein wie früher. Nein – mit einem schweren Seufzer richtete sie den Blick zum Sternenzelt empor – auch dieses eine große Schüssel – und ging weiter. Dies war sie ihrer Liebe schuldig.

Der Weg mündete schließlich in einem ihr wohlbekannten Pfad. Der Tag brach an – die allmähliche Morgendämmerung des April – es war doch bestimmt jetzt Ostern? – hüllte sie ein, die Farben der Dinge traten hervor, und die langen Schatten wiesen ihr entgegen. Sie befand sich am Eingang der langgestreckten Talmulde, die zu dem Einschnitt mit der Höhle der Sibylle führte. Lynett eilte weiter.

Und da kam er ihr auch schon entgegen – hochgewachsen, blaß, beinahe nackt, ein heller Schemen vor der dunklen Schlucht. Eine überirdische Schönheit war ihm zu eigen, wie er da aus der Höhle in den Sonnenschein heraustrat.

»Meine Liebste«, sagte er. »Ich habe gefühlt, daß du kommst, noch ehe ich dich hörte. In meinen Träumen habe ich jeden einzelnen Schritt gespürt, den du getan hast. Und ich weiß auch, daß du es hast – das Heilige Gefäß daselbst.«

Er fiel vor ihr auf die Knie nieder. Zitternd legte sie ihm die eine Hand auf den Kopf, mit der anderen hielt sie die Schale hoch.

»Geliebter«, sagte sie, »ich habe Ihn mitgebracht, die Antwort auf dein inständiges Flehen. Aber Er wird dir bloß einen einzigen Wunsch gewähren.« Ihr Stimme schwankte, und sie nahm sich zusammen. »Entweder du wählst das Leben oder – du wählst das Augenlicht. Beides zugleich kannst du nicht haben. Die Entscheidung liegt ganz allein bei dir. Und nun – wähle, mein Liebster, und möge Gott dich leiten, daß du die rechte Wahl triffst.«

Sie kniete vor ihm nieder, und nur noch der Heilige Gral war zwischen ihnen; und abermals bot er sich ihrem

Blick dar als der Große Gral aus schimmerndem Gold, verziert mit funkelnden Edelsteinen, und ein schwaches Licht strahlte von ihm aus. Lucius legte ihr die Hand auf die Schulter und richtete seine blicklosen Augen auf ihr Gesicht. Jetzt gab es kein Entrinnen mehr für sie.

»Ich zögere nicht«, sagte er. »Ich wähle das Augenlicht. Herr, gib mir das Augenlicht zurück, und sei es nur für einen einzigen Tag.«

Unter seinem stetigen Blick zog sie den Schleier vom Heiligen Gral, nahm die eine Oblate heraus, die noch darin lag, und legte sie ihm wie ein Priester in den Mund.

Ein Licht blitzte auf zwischen ihnen – und dann sah sie ganz deutlich, daß Lucius sie sehenden Auges anschaute.

»Ach«, rief er aus, »du bist schön! Du bist schön! Du bist schön!«

Ihre Hände waren leer – doch nun schloß er sie in die Arme und küßte sie, und dann wich er ein Stück zurück und betrachtete ihr Gesicht – sodann schaute er sich in der von der Morgensonne beschienenen Gegend um – doch sogleich faßte er wieder ihr Gesicht, ihren Leib, ihr Gesicht in den Blick.

Sie tastete nach dem Heiligen Gral. Er war verschwunden.

»Wo ist ... Er?«

»Ich habe nichts gesehen. Ich sehe nur dich. Du bist schön – ach, Geliebte, du bist wunderschön!«

Von der Hüttentür aus schaute ihnen die Sibylle schweigend zu. Tränen strömten ihr übers Gesicht, gleichwohl aber hob sie dankend die Hände.

21

Vom Ende

Die glückliche Zeit währte etwa einen Monat lang. Von April bis in den Mai – und die ganze Zeit über schien die Sonne, es wehte ein warmer Wind, und Tage und Nächte waren voller Schönheit. Gemeinsam erfreuten sie sich an der Landschaft und vor allem aneinander. Sie liebten sich inmitten der Primeln, unter Glockenblumen, im Buchenwald und hoch oben auf den Hügeln. Er konnte sich nicht sattsehen an ihr.

Denn sie war wahrhaft schön. Schon seit längerem war sie schön für jeden, der Augen hatte zu sehen. Ihr einstmals blasses Gesicht war nun sonnengebräunt und von einer warmen Tönung, ihre Wange waren rosig; ihre braunen Augen mit den langen Wimpern strahlten; ihre Lippen waren rot, und wenn sie lächelte, blitzten ihre Zähne. Ihr langes, schwarzes Haar, das sie nun sorgfältig bürstete und kämmte und in das sie Blumen flocht, war bisweilen wie ein seidener Vorhang, dann wieder schimmerte es bläulich wie der Rücken eines Staren. Und ihr Leib, den sie an jenem abgeschiedenen Ort des öfteren nackt zeigte, war braun und straff und wohlgeformt wie der unser aller Mutter Eva. Und alles war überstrahlt von Liebe und Glück.

Hin und wieder gingen sie mit Fackeln in die Höhle

zurück und erkundeten sie – nun war sie es, die ihm den unterirdischen Fluß zeigte, den warmen Badetümpel unter den Stalaktiten und den weißen Strand. Er mußte die Augen schließen, um sich seiner früheren Gewandheit zu entsinnen, und war weniger glücklich in seinem Reich als zuvor. Nicht einmal mehr das Schwimmen im warmen Tümpel bereitete ihm noch soviel Freude wie früher, denn er war schwächer geworden und fieberte bisweilen. Es verlangte ihn danach, möglichst viel Zeit im Freien zu verbringen – er erkundete Sonnenauf- und Sonnenuntergang, Mondschein und Sternenlicht und das stille, liebevolle Gesicht seiner Amme, kehrte aber stets zu Lynett zurück. Und seine Amme – wenn sie bisweilen im stillen Tränen vergoß, so verbarg sie dies vor den glücklichen Liebenden.

Und nach einem Monat kam das Ende, rasch und unversehens und ohne Schmerz.

Sie betteten seinen Leichnam nicht in der Grotte bei den Gebeinen der Sibyllen, sondern hoben unter dem Apfelbaum ein Grab für ihn aus. Und dann standen sie davor und blickten auf die grünen Soden und die Blumen nieder, die sie darauf gepflanzt hatten.

»Ich habe ihn Euch fortgenommen«, sagte Lynett zur Sibylle.

»Nein, meine Liebe. Ich hätte ihn ebensowenig halten können wie du. Ein Mann gehört sich selbst und Gott.«

Lange Zeit schwiegen sie.

»Eines begreife ich nicht«, sagte Lynett. »Was ist eigentlich aus ihm ... aus Ihm ... aus dem Heiligen Gral geworden?«

»Er ist zurückgekehrt. Er kehrt jedesmal zurück, wenn sein Werk vollbracht ist. Ich habe ihn ebensowenig gesehen wie Lucius. Du allein vermochtest ihn zu sehen. Er ist dorthin zurückgekehrt, wo er hingehört, wird sich Artus und seinen Rittern aber wieder zeigen, wenn die Zeit für die letzte große Suche gekommen ist. Parzival wird sich dann auf die Suche machen und Gawain von Orkney und Lanzelot – und Lanzelots Sohn, der die Suche erfolgreich abschließen wird.«

»Und ich – was soll ich nun tun?«

»Laß mich nachdenken, dann werde ich es dir sagen.« Die Sibylle wandte sich ab und wandelte im Schatten der Schlucht umher. Lynett beschlich eine schlimme Vorahnung. Sie dachte an die Frau, die an der Tür der Sibylle erschienen war, als diese um ihren Mann trauerte, und zu ihr gesagt hatte: »Du bist es.« Würde sie es ertragen, zur Nachfolgerin der Sibylle ernannt zu werden? Bei der Vorstellung wurde sie von kalter Furcht gepackt.

Die Sibylle kehrte zu ihr zurück.

»Nein, meine Liebe«, sagte sie, »ich weiß, was du fürchtest. Nein, das nicht. Ich werde dich nicht zur neuen Sibylle ernennen. Nicht mehr lange, und eine andere wird meine Stelle einnehmen, jedoch nicht du.« Sie lächelte, beinahe ein Lachen. »Ich weiß, du bist erleichtert. Nein, dies ist nicht deine Bestimmung. Zunächst einmal mußt du zu König Artus zurückkehren und ihm alles berichten, was sich zugetragen hat. Und dann – dann mußt du heimkehren.«

»Heim? Was habe ich denn für ein Zuhause?«

»Du mußt nach Lyonesse zurückkehren, zu deiner Schwester Leonie und zu Sir Gareth.«

»Ach ...« Ihr krampfte sich das Herz zusammen.

»Ja. Jetzt bist du bereit dazu. Du bist von deiner Liebe zu Gareth geheilt – oder nicht? –, und du wirst weder unter Eifersucht noch Sehnsucht leiden. Deine Schwester Leonie hat Gareth einen Sohn geboren, Gawain den Jüngeren, und du kannst ihn und den Sohn, der ihm noch folgen mag, viel lehren.«

»Ihn lehren!« brach es aus ihr heraus, ein Rückfall in die Bitterkeit früherer Zeiten. »Wer bin ich denn, einen Mann zu unterrichten? Eine Tante, eine alte Tante! Ein Kindermädchen!«

»Nein, meine Liebe. Kein Kindermädchen. Dein Vater hat dich in den ritterlichen Tugenden unterwiesen, obwohl du eine Frau bist. Und du, eine Frau, wirst nun seinen Enkelsohn in den ritterlichen Tugenden unterweisen. Mag sein, daß du am Ende noch eine größere Rolle spielen wirst, als irgend jemand ahnt.«

Und so brach Lynett eines kalten Morgens, da der Maisonnenschein Regen Platz gemacht hatte, allein und zu Fuß von der Höhle der Sibylle auf. Und von einem Ast kam mit leise schwirrenden Schwingen Jeanne herabgeflogen und ließ sich auf ihrem Arm nieder. Und auf der Straße kamen ihr Bors, Parzival und Lanzelot entgegen und brachten ihren großen Rappen mit.

Historische Romane im dtv

Elizabeth
Marshall Thomas
Die Frau des Jägers
Roman · dtv 12004
»Ein Roman aus der Steinzeit von seltener Tiefe und Schönheit.« (New York Times Book Review)

Robert von Ranke Graves
Ich, Claudius, Kaiser und Gott
Roman · dtv 1300
Augustus, Livia, Caligula, Nero: eine Chronique scandaleuse, in der die ganze dekadente Welt des römischen Imperiums lebendig wird.

Marguerite Yourcenar
Ich zähmte die Wölfin
Die Erinnerungen des Kaisers Hadrian
dtv 12476
Ein Roman von außergewöhnlicher Feinheit. Yourcenar zeichnet mit Hadrian einen leidenschaftlichen und tatkräftigen Mann, den man betrauert wie einen Freund.

Frans G. Bengtsson
Die Abenteuer des Röde Orm
Roman · dtv 20055
Orm, Mutters Jüngster, verzärtelt und hypochondrisch, wird von plündernden Nachbarwikingern verschleppt. Doch das Schiff, auf dem die Nordmänner zu ihrem alljährlichen Raubzug gen Spanien fahren, kapern die Mauren...

Claudia Groß
Die Runenmeisterin
Roman · dtv 24166
Sie gehören zueinander, die letzte Runenmeisterin Rosalie und der Druidensproß Cai. Aber zwischen den Liebenden stehen ein Mord und ein feierliches Gelübde... Eine Kriminal- und Liebesgeschichte vor der rauhen Kulisse des Mittelalters.

Elisabeth Harris
Der heilige Stein
Roman · dtv 20253
Bei Ausgrabungen in einem einsamen Kloster in Wales entdeckt man das Skelett eines Neugeborenen. Alles deutet darauf hin, daß sich zu Beginn des 13. Jahrhunderts hier eine Liebestragödie abgespielt hat...

Historische Romane im dtv

Diana Norman
Die Piratenkönigin
Roman · dtv 20115
Irland im 16. Jahrhundert. Im Dienst der Königin wird die junge Barbary auf die rebellische Insel geschickt. Inmitten von politischen Intrigen, Freiheitskampf und Krieg erlebt sie die Schönheit und Tragik Irlands – und ihre große Liebe.

Rosemarie Marschner
Nacht der Engel
Roman · dtv 20286
Italien zur Zeit der Renaissance. Die schöne Francesca hat alles, was das Herz begehrt. Und bei Lorenzo de' Medici ist sie ein mehr als nur gern gesehener Gast. Aber es ist auch gefährlich, der Fürstenfamilie so nahe zu stehen …

Rosemarie Marschner
Der Sohn der Italienerin
Roman · dtv 12160
»Prinz Eugen, der edle Ritter …« Rosemarie Marschner erzählt das Schicksal eines der berühmtesten Helden der Neuzeit auf spannende und psychologisch raffinierte Weise.

Jochen Klepper
Der Vater
Roman eines Königs
dtv 11478
Die »äußere und innere Geschichte« Friedrich Wilhelms I. von Preußen – viel mehr als nur ein historischer Roman: eine Dichtung von unvergleichbarer Prägnanz.

Wolf von Niebelschütz
Der Blaue Kammerherr
Roman · dtv 12600
Das Inselreich Myrrha im Jahr 1732. König Alphanios ist das Opfer intriganter Minister und Finanzleute. Prinzessin Danae versucht allen Intrigen zu begegnen, um ihrem Land zu helfen. »Ein europäisches Märchen.« *Peter Härtling*

Eveline Hasler
Anna Göldin. Letzte Hexe
Roman · dtv 10457
1780. Die schöne, eigenwillige Dienstmagd Anna Göldin wird des Kindsmords und der Zauberei angeklagt. Die Geschichte des letzten Hexenprozesses in Europa.